木曾御岳 殺人山行

梓 林太郎
Azusa Rintaro

文芸社文庫

目次

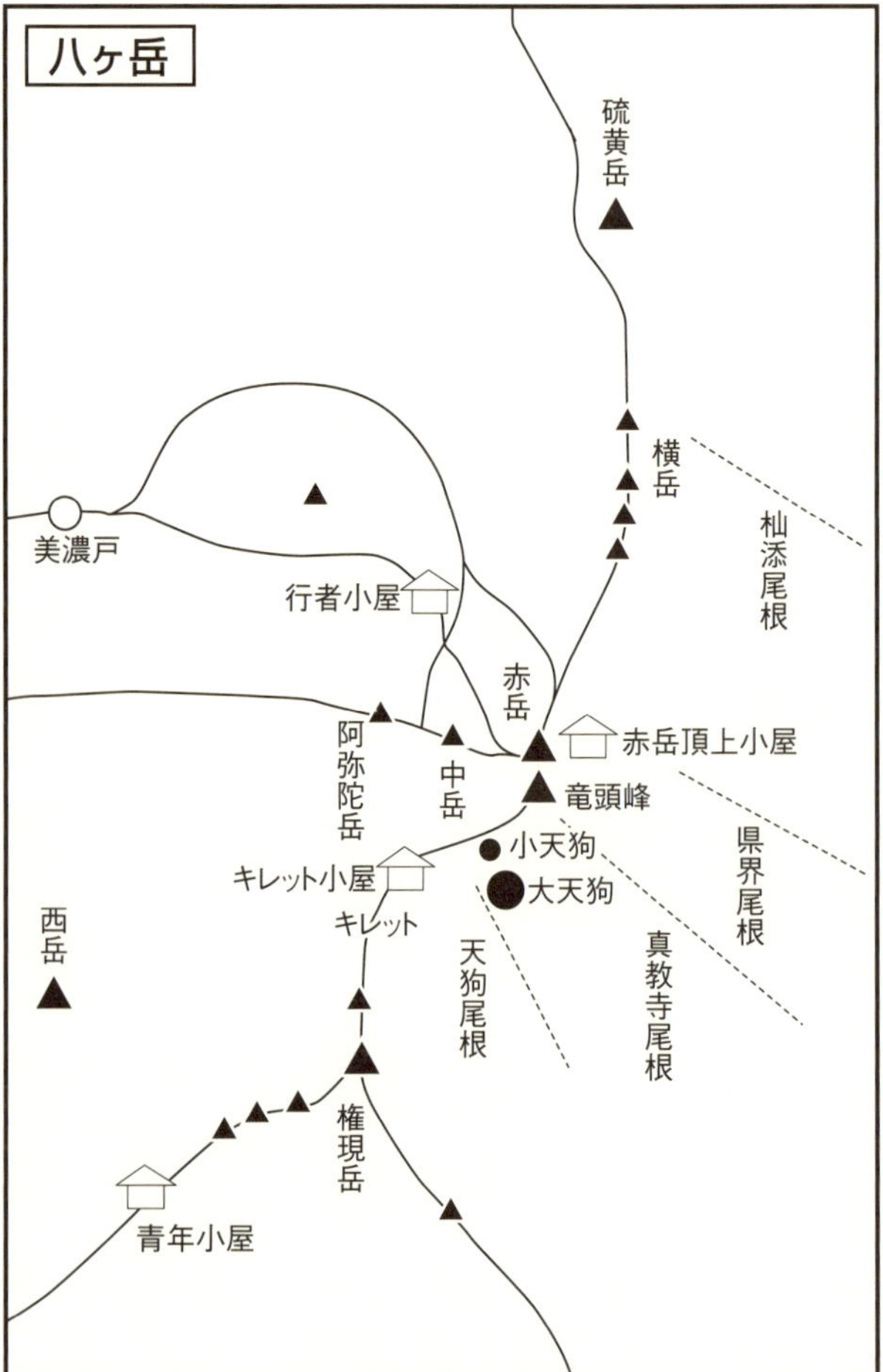
八ヶ岳
硫黄岳
横岳
杣添尾根
美濃戸
行者小屋
赤岳
赤岳頂上小屋
阿弥陀岳
中岳
竜頭峰
県界尾根
小天狗
大天狗
キレット小屋
キレット
西岳
天狗尾根
真教寺尾根
権現岳
青年小屋

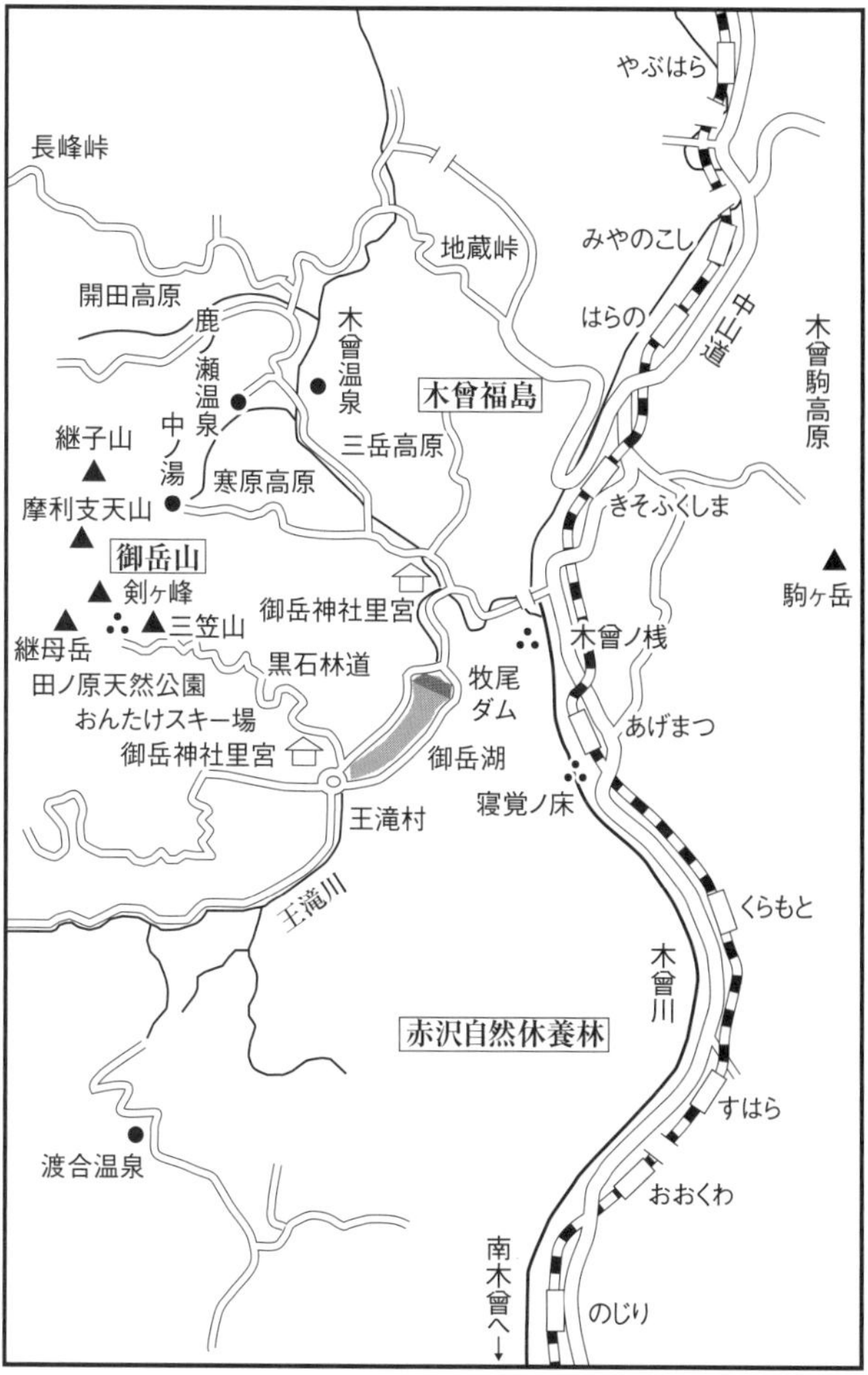

やぶはら
長峰峠
地蔵峠
みやのこし
開田高原
はらの
中山道
木曾駒高原
鹿ノ瀬温泉
木曾温泉
木曾福島
継子山
中ノ湯
三岳高原
寒原高原
きそふくしま
摩利支天山
御岳山
駒ヶ岳
剣ヶ峰
御岳神社里宮
継母岳
三笠山
木曾ノ桟
黒石林道
田ノ原天然公園
牧尾ダム
おんたけスキー場
あげまつ
御岳神社里宮
御岳湖
寝覚ノ床
王滝村
王滝川
くらもと
木曾川
赤沢自然休養林
すはら
渡合温泉
おおくわ
南木曾へ
のじり

プロローグ

長野県中央部の諏訪《すわ》湖を囲む山々は、日増しに緑を濃くしていた。町を行く人の服装に白が目立つようになった。

湖畔に遊ぶ観光客や、霧ヶ峰や車山を訪れるハイカーが多くなった五月の午後、諏訪駅に警察官が十人ほど集まった。彼らは笑い声を立てたり、一人の男の手をにぎったりしている。県警本部へ転勤になった同僚を見送りにやってきた諏訪署員である。

この一団の中に、刑事課の道原伝吉《みちはらでんきち》と貞松敏高《さだまつとしたか》がまじっていた。

「長島さん。万歳しましょうか」

貞松がいった。

長島というのは転勤する外勤課員である。彼は県警本部で山岳救助を担当することになっている。諏訪署での山岳事故防止と救助活動の功績が認められて、栄転するのだ。

「万歳は勘弁してください」

長島は照れて頭に手をやった。それを見て、見送りにきた署員が笑った。

松本行きの列車が入ってきた。ホームに出た十数人は長島に励ましの言葉を贈って拍手した。

列車は屋根に陽《ひ》を浴びて遠ざかった。

見送りの署員はそれぞれの持ち場へもどるために車に乗った。

「ありゃなんだい？」

道原が貞松にいって、バス発着所の左端を指差した。列車が出て、閑散としているはずの発着所の一画に人だかりができているのだ。

「行ってみましょう」

貞松が歩き出した。

人垣の中に十九か二十歳ぐらいの女性がしょんぼり立っている。黄色のシャツにジーパンでスニーカーをはいていた。肩にはデイパックが掛かっている。ごく一般的なハイカーの服装だ。

立っている人の話から、その若い女性はコンタクトレンズを落としたことが分かった。

人だかりを見て、また人が寄ってきた。駅前のみやげ物屋からも人が駆けてきた。集まった人たちはコンクリートの路面に眼《め》を這《は》わせた。みんな同じ眼付きになった。半数ぐらいの人たちがしゃがんで、辺りに眼を走らせている。

道原と貞松も姿勢を低くした。

「もういいです。さがさないでください。みなさん、ありがとうございました」

若い女性は、デイパックを足元に置いて周りの人に頭を下げた。

しかし、誰《だれ》もその場から離れようとしなかった。

「ほんとうに、もういいですから」

若い女性は泣き出した。

老人もいたし、子供の手を曳《ひ》いた主婦もいたが、女性の言葉がきこえぬげに、透明な小さな落とし物を求めて眼を凝らした。路面を手さぐりしている人もいる。車から降りてきて、どうしたのかと尋ねる人もいた。

「あった」

人の眼がその声のほうへ一斉に向いた。四十代の背広を着た男が、右手をかざした。その男は、頭の上にあげた手を見て顔をほころばせた。

コンタクトレンズを受取った女性は、男に何度も頭を下げた。鼻と口を押えている。人のあいだで拍手が起こり、それが次第に大きくなった。さがし当てた男が照れた。

「道原さん」

背後から呼ばれた。

振返ると駅前交番の若い巡査だった。

「署からの連絡で、至急電話していただきたいということです」

巡査は、警棒を押えて交番へ駆けて行った。

人だかりは、潮が退《ひ》くように消えていった。コンタクトレンズを落とした女性は駅舎に向かって歩き出した。

「今少し前に青年小屋から、正気の沙汰《さた》とは思えない通報が飛び込んだ」

道原の電話に、小柳《こやなぎ》刑事課長はいった。

「青年小屋というと、八ヶ岳《やつたけ》ですね」

「旭岳《あさひ》から、ズームレンズで赤岳《あか》をねらっていた登山者が、岩場から人を投げ込むところを目撃したといって、小屋へ駆け込んできたというんだ」

道原は耳を疑った。岩場から人を投げ込むところを目撃したなどという通報は初めてである。

通報者は青年小屋へ連絡したあと、富士見高原のロッジに向かって下っているというのだ。

旭岳は、八ヶ岳南部の権現岳《ごんげん》の北側にある。長野県諏訪郡富士見町と山梨県北巨摩《きたこま》郡（現・北杜市）小淵沢《こぶちざわ》町と県境を接し、小海《こうみ》線清里《きよさと》駅の北西約八キロメートル。

第一章　赤岳の怪死体

1

通報者は、滝口誠次《たきぐちせいじ》という山岳写真を主にしているカメラマンだった。彼は富士見高原のロッジで待っていた。口の周りを髭《ひげ》が囲んでいる。三十代半ばだ。

道原は、ロッジの支配人に頼んで応接室を借りた。

「ぼくはここから赤岳南面をねらっていました」

滝口は、貞松の広げた地図にボールペンの先を当てた。権現岳（二七〇四メートル）の三角点から六、七〇〇メートル北寄りである。

「人を投げ込んだというのは、どこかね？」

道原は、滝口の陽に焼けた顔をにらんだ。眼だけが光っている。

「小天狗《こてんぐ》と大天狗《おおてんぐ》の鞍部《あんぶ》です」

「そりゃ、すごい岩場だ」

貞松がいった。彼は現場がどんなかを知っているらしい。

「人を投げ込むところを見たって、どんなふうにかね？」

「抱えあげて、放《ほう》り込みました」

滝口は椅子《いす》から立って両手を前に出して説明した。顔が蒼《あお》くなった。目撃の瞬間を思い出したようである。

「それはほんとうに人間なんだろうね？」

「間違いありません。一度バウンドして岩のあいだに見えなくなりました」

「投げ込んだのは男かね？」

「たぶんそうだと思います」

男にしろ女にしろ、抱えあげて投げる腕力から推して女性の犯行ではなさそうだ。

「投げ込まれたほうは、男か女か見えたかね？」

「それはよく分かりませんが、上着はたしか黄色でした」

「投げたほうの服装は？」

「茶色だったような、灰色だったような……」

どうやら鮮明な色の物を着ていたのではなさそうである。

「あなたはカメラでのぞいていたんだが、その瞬間を撮っているかね？」

「びっくりしていったんファインダーから眼を離しましたが、夢中でシャッターを押しました。どんなふうに撮れているか出来栄えの自信はありませんが……」

「そのフィルムを貸してもらえないかね。商売用のが収まっていると思うが、大事に扱うよ」

滝口は、ザックからカメラを取り出してフィルムを巻いた。彼は長いレンズを二本持っていた。

道原は、署の小柳課長に電話を入れた。滝口の目撃談を確認するために、人が投げ込まれたという現場捜索の要請である。

ロッジから権現岳までは四時間半を要する。そこから赤岳までが四時間である。小柳課長は、県警本部にヘリコプターの出動要請をするといって電話を切った。

滝口が事件を目撃したのが午前十一時頃《ごろ》だ。彼は撮影を中止して即座に権現岳の西にある権現小屋に駆け込んだ。だがそこには電話がない。それで一時間下った青年小屋へ着いて、おやじに事件を説明した。

諏訪署では、翌朝地上からも捜索隊員を現場に向かわせることにした。

道原は、目撃者でカメラマンの滝口がいった、「人を岩場から投げ込んだ」という表現が気になった。登山中に急峻《きゅうしゅん》な岩場から突き落として殺害した事件は今までに扱ってきているが、今回のようなケースは初めてである。

いずれにしても殺人事件だが、道原は首を傾《かし》げずにはいられなかった。

パーティー登山で、誰かを殺したかったら、岩場にさしかかった時、背中か胴を突けば相手は転落する。ところが滝口の話だと、人間を抱いて谷に放り込んだというのだ。

「放り込まれた人間は眠っていたんじゃないでしょうか」

貞松がいった。

「夜中や早朝ならともかく、午前十一時まで眠りこけている登山者はいないよ」

「じゃ、薬で眠らされていたのかもしれませんよ」

それなら抱かれて運ばれても分からないかもしれない。

「薬で眠らせたとしても、そういう犯罪は暗いうちにやるんじゃないか。いくら山中とはいえ、陽が高くなってからやったというのが腑《ふ》に落ちない」

「暗いうちは、犯人のほうも足元が危ないからじゃないですか」

「五時には陽が出ている。十一時まで待つと思うか」

「分かりました。投げ込まれたほうはすでに死んでいたんですよ。殺しておいて棄《す》てたんですよ」

そのほうがどうやら当たっていそうだ。

「それにしても、危険な場所まで死んでいる人間を運べたのかな。かなり急な岩場なんだろ？」

「それはもう八ヶ岳では難所中の難所です。正規な登山道のない場所ですから」

投げ込むほうにとっても命がけだったはずだと貞松はいう。

「一方が殺すつもりで山へ連れてきたのかな?」

「こういうことも考えられますよ。一方の不注意で一方を死なせてしまった。それを関係者に知られたくないために、誤って岩場から転落したことにした……」

「うむ」

道原は腕組した。

署に帰着すると、刑事課でも外勤課でも明朝の出動準備をととのえていた。山岳遭難なら外勤課のみが救助なり捜索なりに出動するのだが、今回は通報の内容が尋常でない。

夜になって、滝口から借りたフィルムの写真が出来上がってきた。

小柳課長の席を刑事が囲んだ。写真はキャビネ判になっていた。

「人間が写っているな」

小柳課長はいって写真を道原に渡した。

赤岳の山肌は赤褐色をしていた。皺《しわ》が寄ったような山肌のところどころに残雪が縞《しま》模様を描いている。竜頭峰《りゅうとうほう》から右に天狗尾根の岩稜《がんりょう》が延び、小天狗、大天狗と呼ばれている奇怪な岩頭が天を突いている。二つの岩頭の間はえぐれてたるんでおり、そこに人が一人立っていた。たぶんこれが滝口のいう人間を投げ込んだ犯人に違いない。

「ここに黄色い点が写っていますね。これが投げ込まれた人間じゃないかな」

写真を横からのぞいていた武居刑事がいった。黒ずんだ岩溝と思われるところに黄色い物が写っていた。

滝口は、落ちていく人間の上着は黄色だったと話していた。写真では人間かどうかの見分けはつかないが、切り立った岩壁に黄色い点は異物である。

「この写真は捜索の目標になりますね」

貞松は、写真を食い入るように見つめた。

人間の写っているのは二枚しかなかった。人を投げ込んだあと、岩陰にでも身を沈めたのかもしれない。

2

翌朝はよく晴れた。道原と貞松が乗ったヘリは小学校の校庭を飛び発《た》った。諏訪湖の一画を一瞬見せたヘリは東へ飛んだ。

八ヶ岳南部は編笠《あみがさ》山、西岳、権現岳、赤岳と真北に峰を並べている。

鉄錆色《てつさびいろ》の赤岳からは幾本かの尾根が派生し、それに沿う登山道がよく見えた。えぐられた壁には雪が埋まり、朝陽をはね返した。ヘリは機影を山肌に落として、キレット側から天狗尾根をかすめて飛び、あるいは、地獄谷と天狗沢をのぞいた。

道原は双眼鏡で見下ろしたが、写真にあったような黄色い物は認められなかった。滝口のカメラはあるいは、人間が落下する瞬間をとらえたのかもしれなかった。

「貞松君はどこへ降りるんだ？」

双眼鏡を離して道原はいった。貞松は登山靴をはいているし、チェックの山シャツを着込んでいる。

「いいえ。ぼくはどこにも降りません」

「降りない？　遺体らしいものが見つかったら降りるつもりでその恰好《かっこう》をしてきたんだろ？」

道原はいったが、貞松は首を横に振るばかりだった。どうやら岩場の険しさを目の当たりにして怖《お》じ気《け》づいたようすなのだ。

地上からの捜索隊は、午後一時頃に赤岳頂上小屋に到着できれば順調である。そのあと天狗尾根からの捜索にかかれるかどうかは怪しかった。

ヘリは、午後になってもう一度天狗尾根上空を旋回した。山梨側の県界《けんかい》尾根と真教《しんきょう》寺尾根に赤岳が黒く影を倒していた。一時間飛んだが着衣らしい物を発見することはできなかった。

地上隊は翌朝、谷に下りるという連絡を入れてきた。別の三人がキレット側から双眼鏡で天狗尾根西面の岩襞《いわひだ》をさぐるのだという。

翌日の昼少し前、大天狗直下のチムニーで黄色い着衣の遺体らしいものを発見したという通報が入った。鑑識係と道原はヘリで現場へ急行した。

赤褐色の岩壁に捜索隊員が取りついているのが見えた。赤い小旗が振られた。遺体らしいものを発見した現場である。

鑑識係がロープでせまいテラスに降り立った。

一時間後に、シートにくるまれた細長い荷物がヘリに引きあげられた。やはり遺体だった。死者は若い女性だという。

その遺体は、諏訪湖畔にある信濃《しなの》大学病院へ運ばれた。これで、カメラマンの滝口誠次の目撃談が現実となった。

しかし、遭難者は岩場から転落したのかもしれなかった。ただ不審なのは、滝口のカメラがとらえているように、稜線近くに遭難者以外の登山者がいたことは厳然たる事実である。遭難者とパーティーを組んでいたのだとしたら、その登山者はなぜ近くの山小屋へ届出なかったのだろうか。

「滝口カメラマンがいったように、遭難者は放り込まれたのかもしれませんよ」

貞松が道原の耳に口を寄せた。

諏訪署の刑事課は、遭難者の解剖結果を待っているのだった。その結果によっては、滝口がいった通り、他殺と断定されるかもしれないのだ。

大天狗直下の現場で遺体を検《み》た鑑識係の話では、遭難していた女性は二十代半ば。黄色いヤッケにグレーのニッカズボン。茶色の本格的な登山靴をはいていた。ザックはなく、身元の分かるような物は持っていなかったというのだ。

現場に残った捜索隊は、本人の荷物発見に岩壁や谷底をさがしている。

遺体の解剖結果が出た。

女性の年齢は、二十二歳から二十六歳ぐらい。身長一六一センチ。体重五〇キロ。死因は絞殺。死後約六十時間経過。右手、右足首を骨折しているが、これは死後に生じたもの。

「どういうことだ?」

解剖結果を知って小柳課長がいった。死因の絞殺に疑問を持ったのだ。

「やっぱり殺してから投げ込んだんですね」

貞松は手帳にメモを取りながらいう。

滝口が犯行を目撃したのが一昨日の午前十一時頃だった。解剖するまでに五十時間あまりたっている。彼が目撃した時刻とほぼ合っているのだが、被害者を絞殺してからその遺体の処置にしばらく逡巡《しゅんじゅん》してから、投棄したのかもしれない。

道原が首を傾《かし》げるのは犯人の殺害方法だ。前にも考えたように、あれだけの岩場なら背中でも突けば確実に死亡する。それなのになぜ首を絞めたかである。

諏訪署はただちに捜査本部を設けた。山中で登山者が絞殺されていたなど前代未聞だ。

捜査員は、事件当日の入山者から犯人の割り出しに取りかかった。

まず付近の山小屋へ宿泊した者のチェックであるが、露営の場合は該当者割り出しが困難だ。

八ヶ岳には山梨側からの入山者が多いために、同県警にも協力を求めて、山小屋利用者を片っ端から洗うことにした。

この事件は夜のテレビで報道され、翌日の新聞にも載った。捜査本部は、被害者の家族や関係者からの届出を待った。身元が判明すれば、誰とパーティーを組んだかが分かるはずである。パーティー登山で、一人が遭難したのに救助要請をせず下山した例が過去にあった。山中を歩くうち、稜線で足を滑らせて転落したのを見たとたんに殺意が台頭し、助けあげずにそのまま放置したという事件だった。未必の故意による殺人である。

翌日の新聞は、

〔山中で女性の絞殺死体見つかる〕

というショッキングな見出しを付けた。この記事を読んだといって、捜査本部に男の人から連絡が入った。

カメラマンの滝口誠次が旭岳から事件を目撃したのとほぼ同じ頃、赤岳東面の真教寺尾根を登っていたという三人のパーティーのリーダーからである。

そのパーティーは、牛首山《うしくび》を越えて二時間ほど登ったところで、左手の小天狗、大天狗の鞍部にテントを認めたというのだ。三人は足をとめて呼吸をととのえていたが、一人が、「あんなところにテントが見える」といって天狗尾根の一点を指差した。テントはたしか黄色だったとそのリーダーは答えた。捜査本部員は、テントを見た時間を正確にきくと、午前九時だという。

滝口が反対側の尾根から事件を目撃したのは午前十一時だ。彼は思いがけない場面を目の当たりにしたから、時計を見て、その時刻を記憶したのである。

真教寺尾根を登っていたパーティーの記憶に間違いがなければ、女性が谷に投げこまれる二時間ほど前に、天狗尾根の鞍部には黄色のテントが張られていたことになる。

「そのテントは重要だな」

小柳課長だ。

「あんな場所にテントがいくつもあるわけがない。第一、キャンプ場じゃないです」

武居刑事が野太い声を出した。

「そのテントの中で、殺されたのかもしれないな」

貞松が宙をにらんだ。

「テントの中で殺害か。こりゃ密室だ。誰に見られる心配もない」

武居は鼻毛を引っ張った。

「殺して、谷に放り込んでしまえば遺体は永久に見つからないものな」

「あのホトケさんは運がよかった。現場にレンズを向けていたカメラマンに目撃されたんだから。滝口という人がいなかったら、行方不明のままになるところだったな」

「何年もたって白骨で発見された頃は、絞殺の跡なんか分からなくなっているから、ただの遭難者扱いにされちゃうよな」

貞松の顎《あご》は次第に上を向き、視線の先は天井に当たっている。

「どんな野郎が、どうして殺したかだな」

武居はタバコに火をつけた。

「女性の身元が判明すれば、誰と登ったかはすぐに分かるな。加害者はたぶん男だ。五〇キロの女性を抱えて投げたんだから」

「テントの中で殺す計画であそこへ登ったんだろうな。キャンプ場だと他人に見られる危険性があるし、殺害後の処置に困るから、一般の登山者が露営しない場所を選んだんだろうな。とんでもない野郎だ」

道原は、武居と貞松の話をきいていたが、

「女性を投げ込んだ時間がおれには解せないんだ」

といって、二人の顔を見較《みくら》べた。

「解剖所見を見ると、犯人は女性を絞殺してすぐ谷に放り込んでいないということになる。どうしてすぐ投棄しなかったかが、おれには分からない」

「殺したけど、どう処理しようかをしばらく迷っていたんじゃないでしょうか？」

貞松がいう。

「迷っていたとしたら、計画的犯行じゃないかもしれないぞ。つまりキャンプ中になにかで争いが起き、それで首を絞めてしまった。だから投棄を決意するまでに時間を要したのかもしれない」

「だけど道原さん。ロッククライミングを楽しむ者以外、あんな場所では露営しないですよ。ぼくは最初から女性を殺すつもりであそこにテントを設けたんだと思います」

「犯人と女性はロッククライミングをするためにやってきたかもしれないじゃないか」

「ロッククライミングをしていたんなら、殺害チャンスはいくらでもあったでしょうにね」

「だから、谷に投げ込まれる日の早朝、争いが起きたんじゃないのかな」

道原の顔を見ていた貞松と武居は首を傾げた。

捜査本部では、真教寺尾根を登っていたパーティーが目撃した、天狗尾根の黄色いテントを見た登山者がほかにいないかを、新聞で呼び掛けてもらうことにした。同時に、殺された女性の関係者からの届出を待った。

3

その日の夕方、宮城県仙台市の西岡重次郎《にしおかしげじろう》という人から、絞殺されたうえ谷に投げ込まれたという女性は、自分の娘ではないかという電話が入った。

その娘は西岡万沙子《まさこ》といって二十五歳。東京の西部電機という会社に勤めて、都内で一人暮らししているが、山へ行くといって休暇を取った。だが、出社日になっても出勤しない。それで会社の同僚が新聞を見、警察に連絡してみてはどうかといわれたと西岡重次郎はいった。

捜査本部では万沙子の特徴を尋ねたところ、被害者に似ている部分が多かったから、すぐに確認にくるようにと要請した。

一方、勤務先の西部電機に電話して万沙子がいつから休暇を取ったかなどを問い合わせた。彼女は、五月二十二、二十三日の両日休んで、二十四日には出社することになっていたが、二十日は土曜日で会社は休みだから、土曜、日曜を利用して山へ出発したかもしれないという。

彼女の直属上司は、あす早朝捜査本部を訪ねると答えた。

西岡重次郎は、娘の勤務先と打ち合わせしたらしく、翌日の午前中に水巻《みずまき》という管理課長とともに諏訪署へ到着した。水巻は西岡万沙子の上司だった。

あいにくの雨で、初夏とは思えない肌寒い日になった。

信濃大学病院で被害者の遺体と対面した二人は、西岡万沙子に間違いないことを確認した。

五十代半ばの父親は、呆然《ぼうぜん》としてしばらく口が利けなかった。水巻も蒼白《そうはく》になって、さかんに額をハンカチで拭《ぬぐ》っていた。

道原は二人に話しかけた。

「万沙子さんは登山経験が豊富なんですか？」

「高校の頃に友だちに誘われて登ったのがきっかけで、東京の大学へ通っている頃もよく山へ行っていたようです」

父親は背を丸くして答えた。

万沙子は、郷里の高校を卒業すると東京の大学へ入り、独居生活をするようになったのだった。

「就職してからもたびたび登山をしていましたか?」

道原は水巻に尋ねた。

「冬以外は二か月に一度ぐらいの割りで登っていたようです」

水巻は、白いハンカチをにぎったままである。

「今回は誰と登ったかご存知《ぞんじ》ですか?」

道原はきいたが、二人とも首を横に振った。

「同僚で万沙子さんと一緒に山登りしたことのある人はいませんか?」

「いるかも分かりませんが、私はきいたことがありません」

「お父さんは、万沙子さんの山友だちを知っていますか?」

「さあ……」

西岡重次郎は下を向いている。ものを考えたり思い出したりする能力を失ってしまったように見えた。万沙子の母親は知らないだろうかと道原はきいたが、東京へ出てからできた友だちについては詳しく知らないと思うといった。高校時代の友だちは分かっているが、今回は一緒に行っていないという。

「今回はどうやら男性と一緒だったようです。心当たりは?」

これにも二人は首を振った。

水巻は、会社では男性の同僚と付合いがあるという噂《うわさ》はきいていないという。勤務状態はよいし、素行に関する風評が立つような社員ではなかったと、彼は万沙子をほめた。

「万沙子さんは、殺されたうえに岩場から谷に投げ棄てられたんです。新聞でもお読みになっているでしょうが、目撃者がいます。殺されたということは、万沙子さんにもそれなりの理由があったとみなくてはなりません。人間関係のトラブルの噂をおききになっていませんか?」

道原は、水巻の表情を見つめた。水巻は考えるように首を曲げたが心当たりはないようすだった。

「西部電機というのは、どのぐらいの規模ですか?」

「全部で千二百人で、西岡君が所属していた本社には三百五十人が勤務しています」

中小企業ではないから、課長の水巻は女子社員の個人的なことにまで通じていないのかもしれない。

「社内の山友だちとか、親しい男性のことで思い出されたことがあったら知らせてください。万沙子さんも登山のベテランのようですが、今回の同行者もかなり山登りの経験を積んでいる者に違いありません。夏場にハイキングした程度の者では寄りつかない場所で亡くなられたんです」

重次郎と水巻はうなずいた。

西岡万沙子は、五月二十一日に赤岳頂上小屋に宿泊していたことが、同山小屋の記録から判明した。ところが、彼女は単独だった。女性一人の宿泊者は珍しいから、山小屋のおやじも彼女を記憶していた。たとえば食事の時に、彼女と親しそうに話をしていた人はおらず、夕食の時は食堂の隅のテーブルにいたことも覚えられていた。単独で山小屋に入ったが、そこで知り合いに会ったとか、到着時間にずれがあって、そこで待ち合わせしたといったようすはなかったというのだ。

だが、彼女が殺されるまでの行動の一点がつかめたことになった。彼女の宿泊カードによると、翌二十二日は真教寺尾根を小海線の清里に下るとなっていた。

ところがどうしたわけか、彼女は午前十一時頃、小天狗と大天狗の鞍部で谷に投げ込まれている。いや、その前に絞殺されているのだ。

彼女は二十二日の朝、六時半頃山小屋を出るまでは異常はなかった。宿泊カードに記入されている通りの登山計画なら、真教寺尾根を下りにかかったはずだ。ここで知り合いに会ったということか。それはたぶん男性だ。彼女は天狗尾根へ誘われたのだろうか。

彼女が、小天狗と大天狗の鞍部以外の場所で殺されたとは思えない。かなり力のある者でも投げ込んだ現場までは運べないのではないか。現場の捜索に当たった隊員は、彼女を背負うなりして移動したとしたら、それは単独では不可能に近いといっている。すると、何者かが彼女を天狗尾根に誘導して絞殺し、何時間かたって谷に落としたということになる。

その投棄現場近くには黄色いテントが張ってあった。これが真教寺尾根から見えたのだ。このテントは事件と深い関係がありそうだ。現場はキャンプ場でもないし、めったに人が入らないところである。

「犯人は、テントを張っておいて、西岡万沙子が出てくるのを山小屋の近くまで行って見ていたんだとぼくは思います」

貞松の推理だ。

「そうだとしたら、そいつは彼女と顔見知りだな」

「うまいことをいってテントに誘い込んで……。あっ、道原さん。犯人の男はテントの中で彼女を手込めにしようとしたんじゃないでしょうか?」

「岩場に張ったテントの中でか」

「まったく考えられないことじゃないですよ」

「彼女が抵抗したから首を絞めたというわけだな」

「そのまま置いておくよりも、谷に投げ込んだほうが発見されにくいと考えたんじゃないでしょうか」

「投げ込んだ目的は、君がいう通りだろうな。だけど、山小屋から離れた岩場にテントを設け、山小屋から出てくる彼女を待っていたというのは、どうかな？　彼女がテントまでついて行ったとしたら、たしかに顔見知りだが……」

道原は、タバコに火をつけた。

「こういうことも考えられますよ。男があそこにテントを張っているのを彼女は知っていて、訪ねたんじゃないでしょうか」

「そういう見方もたしかにできるな。いずれにしても彼女と犯人は知り合いだ。男は彼女を殺すつもりでテントを設け、そこへくるように誘ってあったのかもしれないな」

道原と貞松は、小柳課長から東京出張を命じられた。西岡万沙子の交友関係、殊に山友だちを洗うのだ。

警視庁に捜査協力を要請したことはいうまでもない。

犯人は男の可能性が強い。しかも山登りの経験を積んでいる者である。

万沙子はまさかその男に殺されるとは想像していなかったろうから、友人や同僚に登山のベテランである男のことを話していたかもしれない。

道原は、今回の事件は案外早く解決するような気がして東京へ向かった。

第二章　9・00—7

1

諏訪はけさも冷たい雨が降っていたが、東京は曇天だった。

西岡万沙子が勤めていた西部電機は、業務用冷凍機器と自動販売機のメーカーで、本社は千代田区神田にあった。

捜査本部を訪れた水巻管理課長は、万沙子の父親について仙台へ行っているということだった。道原は万沙子と親しかった同僚を呼んでもらった。

大場《おおば》孝江《たかえ》という髪の長い女性が応接室へやってきた。万沙子とは同期入社で、以来親しくしているといって、腰掛ける前に丁寧に頭を下げた。

「あなたも登山をするのですか？」

道原は、大場孝江の丸い顔に尋ねた。

「いいえ。わたくしは一度も……」

「西岡万沙子さんは、あなたに山の話をすることがありましたか？」

「よくききました。きれいな写真を見せてもらったこともあります」

「じゃ、誰と一緒に登ったのかもきいているでしょうね？」

「会社の人とでしたら誰かが分かりますが、西岡さんの個人的なお友だちは知りません」

「個人的な友だちのことを西岡さんは話さないんですか？」

「まったくというほどではありませんが、あまり口にしないほうです」

大場孝江より若い女子社員がコーヒーを運んできた。彼女はその女性に礼をいった。躾《しつけ》ができている家庭の娘と道原は見てとった。

「西岡さんと交際していた男性を知りませんか？」

「さあ」

大場孝江は眼を伏せた。膝《ひざ》の上の指が動いている。

「知っていることは話してくれないと困るよ。西岡万沙子さんは殺されたんだ。それはあなたも知っているでしょ」

彼女は小さくうなずくと、詳しくは知らないが、婚約した人がいるという話をきいたことがあると答えた。名前までは知らないという。

「なにをしている男性か、あるいは勤め先はどこかを知りませんか」

「きいておりません。そのうちに紹介するとはいっていましたが、それきりでした」

これではヒントにならない。

「あなたと西岡さんは、大学は同じですか？」

「いいえ。西岡さんは星教女子大学です」

大場孝江は万沙子と親しかったというが、これは社内においてであって、個人的な相談をし合うような仲ではなかったようである。万沙子のほうが相談相手にはふさわしくないと受取っていたのかもしれない。

道原は、万沙子と山行をともにしたことのある同僚を呼んでもらうことにした。

十分ほどして応接室に現われたのは、吉井英雄《よしいひでお》という三十代半ばの男と、内村明子《うちむらあきこ》という万沙子より一歳上の同僚だった。

吉井英雄は、内村明子と万沙子と三人で立山《たてやま》へ登ったきりだといった。内村明子のほうは、その後、万沙子とその友だちの三人で白馬岳《しろうまだけ》へ登ったことがあると答えた。

「一緒に登った西岡さんの友だちは男性ですか？」

「女性です。塩谷涼子《しおたにりょうこ》さんといって、同年だといっていました」

三人で白馬へ登ったのは去年の夏だという。

「西岡さんは、塩谷涼子さんと親しそうでしたか？」

「はい。おたがいに名前を呼び捨てにしていました。出身大学は違うけど学生時代から付き合っていて、山には何度も一緒に行っているといっていました」

これはいい情報だ。道原は、塩谷涼子の住所をきいた。

「町田市だといっていましたが、詳しくは知りません」

「内村さんは、西岡さんの男友だちを知りませんか。婚約者がいたようですが？」

「さあ」

内村明子は、さっきの大場孝江よりも万沙子の個人的情報に疎《うと》いようだった。

「西岡さんは今回、単独で山小屋に泊まっています。一人で山へ登ることはたびたびありましたか？」

「単独で登ったという話はきいたことありません。わたしは誰かと一緒だったような気がしますが」

「誰と一緒だったと思いますか？」

「塩谷さんとだと思っていました」

「西岡さんから、塩谷さんと同行するんだときいたんですね？」

「いいえ。廊下ですれ違った時、わたしが、また山へ行きたいわねっていいましたら、来週八ヶ岳へ登ると彼女はいいました。わたしは気をつけて行ってらっしゃいといっただけです。西岡さんはそれまでに何回も塩谷さんと登っていますから、今度もそうじゃないかって想像したんです」

「ところが、彼女は単独でした。少なくとも二十一日は赤岳頂上小屋に一人で泊まっています。次の日は清里へ下ると登山計画書に記入しながら、天狗尾根に逸《そ》れている。朝山小屋を出て、天狗の岩を見ているうちに行ってみたくなったのかもしれないが、いくら山歩きに馴《な》れているといっても女性が一人で行くような場所ではない。しかもそこで彼女は殺されています。犯人は男だと私たちはみています」

内村明子は胸を押えた。彼女は、塩谷涼子以外の同行者についてはまったく見当がつかないという表情である。

道原は、西岡万沙子の席を見せてもらうことにした。彼女が所属していた管理課には二十基ほどの机が並んでいた。その中央部に万沙子の席はあった。灰色の椅子の上に浅緑色のマットがのっていた。机の下には主を失ったサンダルがそろえてあった。

課長補佐を立ち合わせて、道原は机の引き出しを開けた。辞書や筆記用具が入っているだけで、道原が期待する私物はなかった。走り書きのメモはあったが、仕事に関係するものだった。

道原は、万沙子の山友だちだという塩谷涼子の住所か電話番号を知りたかったが、アドレスノートの類は見当たらなかった。今回の山行の同行者に関するヒントも発見できなかった。

「住まいに行って見つけ出すより方法がないですね」

外に出ると貞松がいう。

「住まいなら、誰と登ったか分かるかもしれないな」

万沙子が借りていたアパートは練馬区である。そこを訪ねても家主か管理人が近くにいなかったら部屋にあがることができないのだ。

「おい。塩谷涼子の住所か勤め先を知る方法が一つあるじゃないか」

貞松は、口を半分開けている。

「今の会社へ引き返して、内村明子にもう一度会ってこい。去年の夏、白馬へ登った時はどこの山小屋に泊まったかきくんだ。その山小屋に問い合わせれば、塩谷涼子の連絡先が分かる。そのほうが確実だ」

「露営だったかもしれませんよ」

「女性の三人連れだ。まず露営はありえない」

貞松は、ショルダーバッグを歩道に置いて駆け出した。

彼は、二十分ぐらいかかって息を切らせてもどってきた。

「遅かったじゃないか」

「猿倉荘と白馬山荘へ電話を入れていたんです。会社の電話を使ってくれっていうものですから」

「それで、塩谷涼子の連絡先は分かったか?」

「そんな、すぐには無理ですよ。宿泊日をいっておきましたから、三十分ぐらいしたら分かると思います」

　貞松は両方の山小屋へ頼んでおいたのだという。

「赤岳へは塩谷涼子と登ったんじゃないかって内村明子はいっていたが、女性二人が別々の行動をとったとは思えないな」

「別行動をとったとしても、一人はもう下山しているでしょうから、新聞で西岡万沙子の事件を知って捜査本部へ連絡をよこすはずです」

「それがきていないんだから、塩谷涼子と一緒じゃなかったんだ」

「あっ、道原さん」

「でかい声を出すな。なんだ?」

　道を行く人が、二人に顔を振り向けた。

「塩谷涼子も、ひょっとしたら殺されたのかもしれませんよ」

「おいおい、脅かすなよ。もしそうだとしたら、捜索願いが出るはずじゃないか」

「都会に一人暮ししていると、そうとはかぎりませんよ。一週間や十日不在だといっても、周りの人はなんとも思わないですからね」

「塩谷涼子も一人暮しだったのか?」

「内村明子の話ではそのようです。彼女は職業を思い出しましてね、たしか薬剤師だったといっていました」

薬剤師というだけでは連絡場所をさがすのは至難である。道原は、彼女らが泊まった山小屋から宿泊記録が見つかってくれるのを祈った。

貞松は腕時計を見てから、駅の近くの電話ボックスに入った。メモを取ったあと、掛け直しているところを見ると、二軒の山小屋へ同じことをきいているようだった。

「分かりました。両方の山小屋とも同じ住所と連絡場所を書いていました」

当たり前である。別の住所を申告していたとしたら、それは偽の住所の可能性がある。

内村明子の記憶通り、住所は町田市だった。緊急連絡場所として電話番号だけがあった。番号の末尾が一番であるところから、それは事業所らしい。

今度は道原が電話ボックスへ入った。

まず住まいへ掛けたが出なかった。緊急連絡場所は都区内だった。

「塩谷は、四月に退職いたしました」

掛けたところは病院だった。転職先をきいたが、人事課では分からないという。

「一人暮しで、現在の勤務先不明か」

道原はつぶやきながら、手帳をポケットにしまった。

駅前には、ワイシャツ姿の男性や半袖《はんそで》ブラウスの女性の姿が多くなった。付近の会社から吐き出された人たちが昼食に向かうのだ。

いつもより朝食が早かったから、道原の腹も鳴り出した。

2

塩谷涼子の住まいは、小田急線町田駅から六、七分のマンションだった。

不在であることは訪ねる前から分かっていたが、隣接地に住む家主の話で道原と貞松は顔を見合わせた。塩谷涼子は山へ出掛けてまだ帰っていないというのだ。

やはり西岡万沙子と一緒だったのだろうか。

「どこの山かご存知ですか?」

道原は、三十代半ばに見える家主宅の主婦にきいた。

「木曾《きそ》だといっていました」

主婦は、塩谷涼子がリュックを背負って出掛けるところに出会ったのだという。

「木曾といったら、御岳山《おんたけさん》でしょうかね?」

「わたしもそう思いました。中央アルプスにも木曾側からの登山道がありますが、伊《い》那《な》側からのほうが便利ですから、やはり御岳山だと思います」

主婦は、独身時代に山へ何度か行っているといった。

「塩谷さんが出掛けたのは何日でしたか?」

主婦は、玄関の壁に貼《は》ったカレンダーに眼をやった。

「二十四日です。義母が退院する日の朝でしたから覚えています」

主婦の記憶は信用できそうだった。

二十四日といったら、西岡万沙子の遺体が天狗尾根の西面で発見された日である。万沙子は八ヶ岳へおそらく二十日に出発しているだろう。彼女と一緒に八ヶ岳へ行った者が、四日後に別の山へ登ることはありえないとはいえない。が、万沙子の宿泊状況からいって、涼子は同行者の線からはずしてみるべきだろう。

「一人で出発しましたか?」

「はい。一人でした」

涼子は一人暮しだから、それは当然だといいたげな表情だった。

いつも山行をともにしていた二人が、相前後して別々の山へ出発したことにはなにか意味はないだろうかと道原は考えた。涼子は誰かとパーティーを組んだかもしれないが、万沙子は単独だった。

涼子が木曾の山へ登るといって出発してから、きょうは四日目である。八ヶ岳の赤岳へ登った万沙子の遺体が発見され、しかも首を絞められて殺されていたことは二十四日夜のテレビで報道され、翌日の新聞に載った。涼子が山中にいればそのニュースを知らないだろうが、もし里の旅館などに泊まっていれば新聞で眼にしたはずだ。事件を知れば涼子はすぐに帰宅するか、仙台市の万沙子の実家に連絡を入れることだろう。

「塩谷さんの今の勤め先をご存知ですか？」

「下沢《しもざわ》病院ですが……」

「そこは四月にやめています」

主婦は、まあ、といって口を開けた。

「まだ山小屋かもしれませんね」

主婦に礼をいってその家を出ると、貞松が手帳を片手にしていった。

「二十四日の朝ここを出て、その日のうちに山へ登れるかな。御岳へ登ったと考えてだが」

「どっち回りで木曾に着いたかですね」

「どっち回りとは？」

「東京駅から新幹線か、新宿駅から中央線で向かったかです」

「御岳ならたいてい木曾福島《ふくしま》（現・木曾郡木曾町福島）から入るな、どっちが早い？」

貞松はバッグを歩道に置くと、小型の列車時刻表を抜き出した。

「東海道新幹線で名古屋から中央線に乗り換えて入ったほうが所要時間は少し短いですね。町田からだと、新宿よりも新横浜に出て新幹線を利用しそうな気がしますね」

「どっちへ出ても、木曾福島までは大した差がないということだな。家主の奥さんは、二十四日の朝八時頃塩谷涼子が出て行くところに出会っている。木曾福島に着くのは午後になる。それから御岳へ登ることができるかな」

道原は御岳へ登ったことも登山基地へ行ったこともない。

「ぼくもよく知りませんが、木曾福島から登山基地までバスで一時間ぐらいかかると思います。それから山頂までは、三時間か四時間じゃないでしょうか」

「明るいうちに山頂に着けないことはないが、女性が一人で登るかな」

「道原さん。塩谷涼子は単独とはかぎりませんよ。住まいを出た時は一人ですが、どこかで何人かと待ち合わせしているかもしれません」

「そうだな。西岡万沙子が一人で登っているんでつい単独のような気がしてしまった。彼女は木曾福島の旅館にでも泊まって、次の朝登山に出発する。その日は山頂の山小屋に泊まる。もう一晩山小屋に泊まったとしても、きょうは帰ってきそうだな」

「下山してきて、西岡万沙子の事件を知ったら、彼女の実家へ連絡しているでしょうね」

「たしかめてみるか」

道原は緑色の公衆電話へカードを差し込んだ。

電話には、万沙子の父親の重次郎が出て、諏訪署での礼をいった。重次郎は少し前に万沙子の遺骨を抱いて帰宅したところだといった。現地で荼毘《だび》に付してきたのだ。

道原が塩谷涼子の名をいうと、その人なら知っているといった。仙台へ遊びにきたことがあるというのだ。連絡はなかったかを尋ねると、重次郎は家人にそれをきくらしく、電話を待たせたが、今のところ電話もないということだった。

塩谷涼子は、まだ木曾の山にいるのだろうか。

「若い女の子のことですから、木曾の宿場町でも見物しているのかもしれませんよ」

考えられることである。御岳登山よりも、馬籠《まごめ》か妻籠《つまご》を歩くのが目的でリュックを背負って出掛けたのかもしれない。

道原は思い付いて、もう一度西岡重次郎に電話を掛けた。万沙子の住まいを調べるが承知してもらいたいと断わった。重次郎は家主に電話をしておくと答えた。


万沙子の住所は、練馬区だが板橋区と境を接した住宅街だった。元は農業だったろうと思われる家主の住まいを四棟のアパートが囲むように建っていた。

彼女の部屋は六畳とキッチンだった。畳の上にカーペットを敷き、壁際にベッドが据えてあった。わずかに化粧品の匂《にお》いがただよっていた。

「殺されたって、どういうことですか？」

六十歳ぐらいの家主は、素足で板敷きのキッチンに立っていった。

「ここへ男性の出入りはありましたか?」

家主の質問を無視して道原はきいた。

「さあ、見たことはありません。ほかの部屋の人からそういう話をきいたこともありませんし、私は真面目《まじめ》な娘さんだと見ていましたが」

洋服ダンスに並んで引き出しが四つ付いたキャビネットがあった。その上には電話機と、最近まで読んでいたらしい小説本が二冊重ねられてあった。引き出しの中には、ハガキや便箋《びんせん》や万年筆があったが、アドレスノートの類は入っていなかった。

手紙が二通あった。いずれも父親の重次郎が、郷里の消息を知らせ、万沙子の健康について注意した内容だった。二通の手紙にはほぼ三か月の間隔があった。これを読むと、母親には持病があるらしく、「この頃はだいぶよい」と書いてあった。

父親は、電話で娘と会話をしていただろうが、それでもたまには手紙を書く習慣があったようである。

「ほかの人からは手紙がこなかったんでしょうか?」

貞松は、便箋のあいだをさがしながらいう。

「きたことはあっても、捨ててしまったかもしれない。読み終えると捨てる人はいるものだ」

父親はいつも同じような文面の手紙をよこしたが、それだけは捨てる気になれなかったのではないか。

　諏訪湖畔にある信濃大学病院の霊安室で、変わり果てた万沙子の遺体と対面した時の重次郎の顔を道原は思い浮かべた。万沙子の顔を見たとたんに重次郎は口を開けた。その眼は、「なんということだ」といっているようだった。首をわずかに振った。わが子には違いないが、その姿が信じられなかったのだ。重次郎は声もあげず涙も流さず、道原のほうに向き直って無言のまま頭を深く下げた。いう言葉を失っているのだった。

「西岡万沙子さんは何日に出掛けたかご存知ですか？」

　道原は、手紙を引き出しにもどすと家主のほうを向いた。

「二十日の朝だと思います。十九日の夜、私のところへきて、家内に四日ほど留守をするから新聞を取り込んでおいてくれといっています。二十日の朝刊はありませんでしたが、夕刊からうちであずかっています」

　貞松は部屋の中に首を回したが、二十日の朝刊は見当たらなかった。出がけに持って行ったもようである。やはり万沙子は、土曜、日曜を利用して山行に出たのだ。すると、二十日にどこかで泊まっている。彼女の足どりで今のところ分かっているのは、二十一日に赤岳頂上小屋に単独で宿泊したことだけだ。

「道原さん」

キャビネットの上の小説本をめくっていた貞松が、そこにはさんであった栞《しおり》を指差した。有名書店の名が刷り込まれていて、人形のシルエットがあった。

「この数字は、時間じゃないでしょうか」

人形のシルエットの横に9・00―7と鉛筆書きの文字があった。

「彼女の文字かどうか、ほかのものと較べてみよう」

貞松は、流しの下の引戸から冷蔵庫の中まで開けた。日記などつけている人なら筆跡をさがし出すのは造作もないが、自宅ではまったくというくらいペンを持たない人はいるものだ。

「ここの契約書にはたしか西岡さんのサインがありますが……」

家主だ。道原はそれを見せてくれと頼んだ。家主は階段を下りて行った。

「ここにありました」

貞松がいったのはキッチンにある小さなカレンダーだった。それには五月二十日から二十三日までを黒い線で囲み、その下に「八ヶ岳」としてあった。山行日程であることが歴然としていた。

「この字と栞の数字とじゃよく分からないな」

「9・00が時間だとしたら、その横の7はなんだろう?」

貞松は首を曲げていたが、列車時刻表をバッグから引き出した。

「道原さん。これじゃないでしょうか。新宿を九時に発車する『あずさ7号』のような気がしますが」

「なるほど。そうすると、彼女は二十日の九時発の特急に乗ったとみていいな」

「山行計画を立てた時にここへ書いたんじゃないでしょうか」

「いや。誰かと電話で打ち合わせしたんじゃないか。それで、読んでいた本の栞にメモを取ったような気がするが……」

「そうかもしれませんね。彼女はベッドに入って本を読んでいた。そこへ誰かから電話が掛かってきて、列車の発車時刻を告げられた」

家主が紙袋を持って入ってきた。三年前に万沙子がここを借りる時に記入した契約書だ。彼女は、契約日の昭和の下に、算用数字で日付を入れている。そこがいかにも現代っ子らしかった。9の字が栞の文字とそっくりだった。

「九時の特急に乗った彼女はどこで下車したかな?」

「ぼくは茅野《ちの》だと思います。彼女は赤岳頂上小屋の宿泊カードに、二十二日は真教寺尾根経由で清里に出ると記入しています」

「だから、清里側からは入山しなかったんじゃないかというんだな」

赤岳へのルートは何本もあるが、ポピュラーコースとしては、茅野駅からバスで美《み》濃戸口《のとぐち》まで入るのが近い。あとは歩きで、美濃戸を経て行者《ぎょうじゃ》小屋へ。阿弥陀《あみだ》岳へも赤岳へもここから登れる。

万沙子の部屋からは、捜査の手がかりとなる住所録は見つからなかったが、洋服ダンスからアルバムが出てきた。小型の粗末な物だった。自分の過去や記録をきちんと整理しておこうという意志のない性格が、そのアルバムの質に表われているようだった。写真屋の袋に入ったままのもあった。

写真は山行のが主で、道原の知った顔が写っていた。会社の同僚の内村明子と吉井英雄だった。面長で整った顔立ちの女性と万沙子が並んでいるのが何枚かあった。

「道原さん。これが塩谷涼子じゃないでしょうか」

貞松が面長の女性を指差した。

「たびたび一緒に山へ行っていたというから、そうかもしれないな」

道原は、家主にもアルバムを見てもらった。見覚えのある顔がないかを尋ねたのだ。家主は、彼女を訪れた人をまったく知らないという。

男性が一人で写っているものも何枚かあった。登山装備の人もいた。この中に、今回八ヶ岳へ彼女と登った男がいるように思われた。

どの写真にも撮影月日は記されていないし、名前もない。持主には誰であるかの判別はつくが、知らない者が見ると、ただの男であり女だった。年齢の見当がつくだけで、素姓などまったく知ることができないのだ。

五、六十枚のこの写真の中に、万沙子に利益をもたらした者と害を加えた者がいそうな気がした。道原にはその区別は勿論《もちろん》つかないし、氏名すら分からない。それが歯《は》痒《がゆ》かった。

道原は、写真全部を持って行くことを家主に断わった。

3

貞松がいうように、西岡万沙子が二十日の朝九時新宿発の特急に乗ったとしたら、茅野に着くのが十一時二十四分だ。

「その日のうちに赤岳には登り着けないか？」

道原が歩きながらいうと、貞松は指を折り始めた。茅野駅前発のバスを降りてからの行程を計算しているのだ。山径《やまみち》に関しては貞松のほうが詳しい。

「美濃戸口までがバスで五十分ぐらい。美濃戸まで一時間十分。行者小屋まで二時間。赤岳頂上小屋までが一時間半。合計五時間半です」

「ほとんど休まずに登って五時か。着けないことはないがちょっとキツいな」

「その日のうちに赤岳まで登るつもりなら、新宿をもっと早く発《た》つ列車に乗ったと思います」

「おれもそう思う。だから万沙子は出発した日じゃなくて次の日に赤岳の山小屋に泊まっているんだ」

「二十日に住まいを出たことが分かったんですから、その日の宿泊地を知る必要がありますね」

「単独だったか誰かと一緒だったかが分かるな」

道原は捜査本部に電話を入れ、西岡万沙子の五月二十日の宿泊先を突きとめる必要があることを小柳課長に話した。

「課長はなんといっていましたか?」

貞松は、小柳課長を煙たがっている。自分のことを道原に告げ口したかが気になって仕方ないようだ。

「茅野の旅館かもしれないといっていた」

「茅野……。課長はどうかしているんじゃないですか。茅野に泊まる者が朝の九時の特急に乗るわけがないじゃないですか」

「そうともかぎらないぞ。茅野か諏訪で見たいところがあって、それで朝出発したかもしれない。おれたちは見飽きた場所だからそうは思わないが、都会に住む人にとっては、観光地だ」

「もしかしたら蓼科《たてしな》かもしれませんね。それなら納得できます」

「それとも、二十日は別の山に登って、二十一日に赤岳に着いたのかもしれない」

「八ヶ岳にはいろんな登山ルートがありますからね」

「だから、今回のような事件の場合、入山ルートをしぼりにくいな」

道原は、町田市の塩谷涼子の住まいの電話番号をプッシュした。が、呼び出し音が鳴るだけだった。

塩谷涼子は二十四日の朝、木曾へ行くといって住まいを出ている。家主の主婦は、リュックを背負った涼子を見たから、てっきり山へ登るものと思い込んだ。涼子は主婦の見当通り、御岳山に登ったとしたら、きょうは帰宅していそうである。彼女は、山にも登ったが、木曾路歩きを楽しんでいるのだろうか。

道原と貞松は、以前の事件捜査で泊まったことのある新宿のビジネスホテルを取り、小柳課長にそれを報告した。

「西岡万沙子の交友関係はどうかね？」

「女性の山友だちが一人見つかりましたが、その人も旅行中です。こんやあたりは帰ってくると思います」

「山友だちに男はいそうもないかね？」

「それが今のところ。彼女の部屋を調べましたが、住所録のような物がまったくないんです」

「あしたは、出身大学へ行ってみてくれ。同級生の線から友人が見つかるかもしれない」

「そのつもりです。ところで、西岡万沙子の荷物は発見されませんか?」

「きょうも雨がひどくて、捜索できないんだ。あしたの天気はよさそうだから、再開できる。その荷物の中に住所録が入っているといいがな」

「自宅に置いてないから、持って出ていると思います」

「電話番号を書いたノートぐらいは持っているだろう。……この頃信州ではバカに人が死ぬ。事件でなけりゃいいが」

「管内でまたなにかありましたか?」

「いや。木曾署の管内だ」

木曾ときいて、道原は受話器をにぎり直した。

「木曾川でね、身元不明の若い女性の遺体が発見されたんだ。身投げじゃないかと見られている」

小柳課長はそういってタバコに火をつけたらしかった。

道原は、塩谷涼子のマンションにまた電話した。やはり同じで誰も受話器をあげなかった。

貞松がコップ酒を買ってきた。それを飲んだが気は落着かなかった。

「塩谷涼子の実家はどこかな？」

「マンションの大家なら分かるんじゃないでしょうか」

「そうだな」

九時を過ぎていたが、町田の家主に電話した。

「あら、塩谷さんはまだもどっていないんですか」

昼間会った主婦だった。主婦が塩谷涼子の実家を調べている間、子供の声がしていた。テレビもついているようだった。

「高知市です」

主婦は、その住所と電話番号を読んだ。

塩谷涼子も西岡万沙子と同じで、郷里の高校を出て、東京の大学に入ったのかもしれない。

「塩谷涼子は、高知の実家へ行ったんじゃないかな？」

「リュックを背負ってですか。それなら大家の奥さんに、そういって出掛けますよ」

「そうだな」

道原は、酒のコップに口をつけたが、

「やっぱり掛けてみる」

とつぶやくようにいって、〇八八八の市外局番を押した。

塩谷涼子は実家へ行ってはいなかった。電話には母親が出たが、娘が旅行中であることも知らないといった。

「涼子になにかありましたか？」

母親は咳込《せきこ》むようなきき方をした。

「仲のよかったお友だちについておききしたいことがあったものですから」

「友だちといいますと、誰のことですか？」

「西岡万沙子という人です」

「その人のことでしたら、わたしも名前を知っています。今年の夏休みには涼子と一緒に高知にくるといっていました。西岡さんが、なにか？」

母親は、万沙子の死亡を知らなかった。高知の新聞に載らないはずはなかったが、記事が小さくて読み落としたのだろうか。

山で死んだのだと道原がいうと、涼子の母親は悲鳴のような声を出した。

「西岡さんも、山で……」

涼子の母親はそういった。声が震えていた。若い女の声が電話に入った。母親の異常な声をききつけて背後に立ったようすである。

「西岡さんも、とはどういうことですか？」

道原は、母親に言葉を促した。

「去年の秋、涼子の弟が山で死んでおります」

母親は涙声だった。

「どちらの山でですか？」

「長野県の木曽です」

「木曽……」

道原も、つい声を高くした。貞松が寄ってきてメモを構えた。道原の顔をじっと見ている。

「御岳山です。遭難したんです」

涼子の弟は、勝史《かつふみ》といった。去年の春、東京の大学を卒《お》えて東京で就職したのだという。

「涼子さんは、二十四日に木曽へ行くといってリュックを背負って出掛けています。その旅行は、勝史さんの事故となにか関係があるんじゃないですか？」

「勝史が死んだところへ涼子は一度行っています。それは恐ろしい場所だといっていました。わたしは麓《ふもと》まで行きましたが、とてもそんなところまでは……」

母親は口を押えたようだった。

「涼子さんから連絡がありましたら、私から電話があったことを伝えてください」

道原は、諏訪署の番号を教え、西岡万沙子の遭難地を話した。

「そこは険しい岩山です。絶対に一人で登ったりはしないようにお母さんから涼子さんにいっておいてください」

受話器を置いて、道原はタバコをくわえた。貞松がライターの火を近づけた。

ホテルの窓に、近くの高層ビルの赤い灯の明滅が映っていた。塩谷涼子の木曾行きは、弟勝史の遭難に関係があるのではないか。

道原はもう一度、町田市の涼子のマンションの番号を押した。呼び出し音は虚《むな》しく鳴りつづけた。

涼子の現在の勤め先を母親にきいたが、知らなかった。涼子は実家にそれまで勤めていた病院を退職したことを伝えていないのだ。転職するというと、東京での一人暮しを心配するから近況を報告しなかったということだろうか。

「西岡万沙子が八ヶ岳で殺されたことと、塩谷涼子の木曾行きは無関係かもしれないが、おれにはどうもひっかかる」

「関係があるんじゃないかと、思っているからですよ」

「今は勤めていないから、幾日どこを旅行してもかまわないわけだが、四日間も帰らないということもな」

カップの酒は半分減った。苦かった。それでも道原は一口ふくんだ。

「木曾署へ電話してみる。知っている刑事がいるんだ」

森口《もりぐち》といって、道原と同い年である。

森口は帰宅したということだった。道原は電話に出た刑事に、木曾川で発見された女性の水死体の年齢をきいた。

「二十四、五歳といったところです」

「どんな顔立ちですか？」

「面長で長い髪をしています。身長は一五八センチで、体重は四七キロ見当だったということです」

「からだの特徴は？」

「盲腸の手術痕《あと》と、右の耳の下に直径一センチのホクロがあります。色白の人です」

道原は、西岡万沙子の部屋から持ってきたアルバムを貞松に出させた。写真で塩谷涼子ではないかと見当をつけた女性の髪は真《ま》っ直《す》ぐで長かった。

「持ち物はなかったんですか？」

「白いジーパンとパンティだけです」

「上半身裸だったんですか」

「流れてくるうちに脱げてしまった可能性もあります。からだのあちこちに傷がありますが、死亡後にできたものです」

木曾署では入水《じゅすい》自殺と見ているようだ。

「木曾福島へ行くには、どっちからのほうが近かったかな?」

道原は昼間、同じことを貞松にきいた覚えがある。

「ここからなら、新宿駅のほうが……」

貞松は、手帳を手にして答えた。

第三章　木曾川の変死体

1

翌日、木曾《きそ》署へ着いたのは午前十一時近くだった。新宿を一番の特急で発《た》ち、諏訪《すわ》を素通りしてやってきたのだ。

森口刑事は署にいて、道原の姿を見ると奇異な顔をした。

「木曾川で発見された女性の水死体についてききたいんだ」

道原はいって、貞松《さだまつ》にバッグから写真を出させた。

「よく似ているな。伝さんがどうしてこれを？」

森口は口を開けた。道原と森口は、駒ヶ根《こまがね》署時代に同僚だった。

木曾川の水死体が塩谷涼子だったとしたら、東京でいくら待っていても帰宅しないわけである。

道原は森口に、塩谷涼子の写真を手に入れるまでの経緯を説明した。

「赤岳で殺された女性の友だちだったのか」

森口はいって、タバコを道原にすすめた。道原はそれを断わって、自分のハイライトを出した。

「ホトケさんに会うかね？」

塩谷涼子と思われる遺体は署の地下に安置してあるのだという。

「いや。おれが見てもしょうがない。生きている時に会ったわけじゃないから、本人かどうかの確認にはならないよ」

道原は、彼女の住所と高知市の実家を森口に教えた。

別の刑事が実家に連絡を取り始めた。それをきいた母親は、ゆうべと同じように悲鳴をあげることだろう。

塩谷涼子によく似た遺体は、中央本線大桑《おおくわ》駅近くの木曾川で、きのうの午後二時頃《ごろ》通行人に発見されたのだという。

遺体はただちに木曾福島町の病院へ運ばれて、午後四時に解剖した。その結果、死後約二十時間経過という所見が出された。彼女は五月二十六日の午後八時か九時頃に死亡したことになる。

塩谷涼子の実家への問い合わせで、からだの特徴が彼女とほぼ一致した。実家からは両親と妹が駆けつけると答えたという。

彼女は、二十四日の午前八時頃、町田市の住まいを出て行った。これを家主が見ている。リュックを背負って、木曾へ行くといって出発した。その服装を見た主婦は、即座に登山だと見当をつけた。住まいを出る時は一人だったが、どこかで同行者と待ち合わせしたかもしれない。

御岳登山だとしたら、まず考えられる入山口は木曾福島だ。二十四日は山麓《さんろく》の宿に泊まり、翌朝登って、山頂の山小屋に泊まったかもしれない。翌二十六日に下山し、夜の八時か九時頃死亡した。

遺体は水を吸引していた。したがって水中において死亡したものである。水中または水との接触によって、急激に死亡したものと所見されている。流水にもまれ、小石、岩石、橋脚などによっての表皮剝離《はくり》、挫傷《ざしょう》、骨折などが認められた。波浪や流水では、体位がたえず変わるから、死斑《しはん》は現われにくい。彼女の場合もそうである。

だから彼女は、池や澱《よど》みなどで死亡したあと木曾川に流れ込んだのではなく、最初から流れの急な場所で入水《じゅすい》しているという検案である。

「死んだあと入水したんじゃないことは事実だ」

森口はいった。

「だからといって自殺とはいえないよ」

道原は、解剖所見に眼《め》を落としながらいった。

「事故死の線も考えられるが、どこで川に入ったかだ」

「それが分かると、彼女が御岳に登ったあとか、あるいは宿場を見て歩いていたかの見当もつくな」

「荷物が見つかれば、登山だったか、観光旅行だったかの判断もつくよ」

「森さん。家族によって遺体が塩谷涼子だと確認されての話だが、おれは御岳登山をしたあとだと思うんだ」

「そのいい方だと伝さんには、根拠があるらしいな」

「去年の秋、塩谷涼子の弟が御岳で遭難死しているんだ」

「へえ、弟がねえ。彼女は弟の遭難現場へ行ったんじゃないかと伝さんは見ているんだな」

「そんな気がするんだよ」

「彼女にとって御岳は縁起の悪い山だ。いくら山好きでも家族が事故に遭った山には近寄らないと思うな。ほかに登る山はいくらでもあるんだから」

「それが登ったということは、弟の遭難に疑問を持っていたとも考えられる」

「弟はパーティーで登ったのかい？」

「遭難の記録を調べてくれないか。塩谷勝史《かつふみ》っていうんだ」

森口はメモを持って刑事課を出て行った。

「道原さん、涼子は自殺じゃないですよ」

解剖所見を読んで貞松が低声《こごえ》でいう。

「君はどこがひっかかる？」

「胃の内容物です。魚の刺身、天ぷら、海草、野菜、山菜、米飯、酒。これは旅館の食事です。旅館でゆっくり食事したあと、川に飛び込んで自殺するとは思えません」

「同感だ」

「死亡推定時刻からいって、彼女が死んだのは二十六日の夜ということになります。二十六日にどこかの旅館に入って夕食をしたあと、外に出て、誤って川に落ちたか、何者かに……」

森口が書類を抱えてもどってきたので、貞松は口をつぐんだ。

「塩谷勝史は、去年の九月二十六日に遺体で発見されている。二十五日に剣ヶ峰から下りてきて、八丁《はっちょう》ダルミ付近で地獄谷に転落したとなっているよ」

「パーティー登山かね？」

「単独だ」

森口が簿冊《ぼさつ》を道原のほうへ向けた。

〈遭難者は塩谷勝史（二十三歳）住所、東京都狛江《こまえ》市岩戸北。同行者なし。同人は、九月二十四日、剣ヶ峰旭《あさひ》館に宿泊。二十五日午前九時頃、他の宿泊者とともに同館を出立して下山の途についたが、八丁ダルミにさしかかったところで、岩場から転落した。

この日の朝は霧が濃く、朝食後十三人の宿泊者は霧の晴れるのを待って、行動を見合わせていた。八時半頃になって霧が薄くなり、約半数の宿泊者が同館を出て行った。塩谷勝史は、四、五人の下山者にまじって出発したが、約十分下ったところで悲鳴をあげ、姿が見えなくなった。それをきいた下山者は、同館に引き返して遭難を通報した。

同日は午後まで霧が晴れず、捜索隊は出動を見合わせた。翌二十六日現場に登り、八丁ダルミ西側噴火口寄りで同人の遺体を発見して収容した。頭蓋《ずがい》骨折で即死状態〉

「伝さんが調べている赤岳の事件の友だちが死んでいたとはな」

森口は、塩谷涼子のことをいった。

「彼女がもし弟の遭難に疑問を持っていたとしたら、御岳に登っていたはずだ。彼女には登山経験がある。単独でも現場には登れたと思うんだ」

森口は、「よし」といって、御岳山頂にある山小屋へ、塩谷涼子の宿泊を確認するようにと若い刑事に指示した。

「森さん。おれはなんだか、赤岳で殺されたうちの被害者と塩谷涼子の旅行は関係があるような気がするんだ。だから彼女の木曾での足取りを調べたいが了解してくれないか」

森口はうなずいた。

木曾川の死者が塩谷涼子と確認されたわけではないが、道原は西岡万沙子《まさこ》が持っていた写真から、彼女に間違いないと確信した。

貞松がいうように塩谷涼子は五月二十六日の午後八時から九時に、食事をしている。その場所は食堂か旅館だ。彼女は少量だが酒を飲んでいた。単独だったが旅行先だから飲酒したのだろうか。それとも酒が好きで、いつも夕食の時には飲むという習慣があったのだろうか。

道原は、彼女は一人ではなかったような気がする。誰《だれ》かと旅館で食事を摂《と》り、そのあと散歩に出て、木曾川のほとりを歩いていたように思われるのだ。

彼女の連れは男ではなかったか。少量の酒で足をふらつかせたのかもしれない。それで川に落ちた。誤って川に転落したのなら、同伴者は遭難を届出なくてはならない。それをしなかったというのは、彼女と一緒にいたことが知れてはまずい人間か、あるいは事故ではなくて、故意に川に転落させたと見なくてはならない。故意になら当然殺人である。

彼女の遺体は流れにもまれて損傷している。これは、ある程度の距離を流されたことを物語っている。

木曾地方は、二十六日と二十七日は雨だった。二十六日は一時強く降ったという。

したがって木曾川の水量は増えて濁っていたはずだ。

　木曾署の裏側が木曾川で、その音が窓から入ってくる。

「道原さん。塩谷涼子は、この木曾福島の旅館で食事をしたのかもしれませんよ」

「彼女はジーパンをはいていたとなっていたな。旅館に入ったんなら、浴衣《ゆかた》に着替えて食事をしそうなものだが」

「風呂《ふろ》に入り、浴衣に着替えて食事をしたかもしれませんが、外に出るためにジーパンをはいたんじゃないですか。若い女性は宿の浴衣では町を歩かないものです。人によっては、従業員が床を敷きにくるまで着替えないですよ」

「ほう。貞松君はそういうことに通じているんだな」

「経験でいっているんじゃないです。諏訪でしょっちゅう観光客を見ているからです。誤解しないでください」

　貞松の唇が尖《とが》った。

　道原は木曾署を出て、小柳課長に電話を入れた。

「木曾福島にいる？　まさか木曾の溺死体《できしたい》を調べに行ったんじゃないだろうな？」

「その通りです。溺死体は塩谷涼子の可能性が濃いんです。課長は、彼女の死亡と西岡万沙子の事件と関係があるような気がしませんか？」

「しないね。西岡万沙子と塩谷涼子はたしかに親友だっただろうが、その人が旅先で死んだからといって、うちの事件と一緒にするのは伝さんの考え過ぎだよ。西岡万沙子の身辺捜査がまだすんでいないじゃないか。殺人事件のほうを放《ほう》り出して、管轄外の事故死を調べに行かれては困る。早く東京へもどってくれ」

小柳課長は不機嫌だった。こういうことをいわれるに違いないから、道原は木曾署の電話を借りなかったのだ。

「課長は、なにかいっていましたか？」

電話ボックスを出ると貞松は眼の奥をのぞくような顔をした。

「サダは元気かっていってた」

「ほんとですか？」

「ほんとだ。今度から君が本部と連絡を取れ。課長は君の声をききたがっているようだ」

貞松は少し首を曲げ、上眼使いに道原をにらんだ。

2

木曾福島駅で新聞を買うと、〔木曾川に若い女性の死体〕という見出しをつけた記事が載っていた。体格や特徴も出ているが、旅館などからの届出はないのだ。

「これはおかしいな?」

道原は、買ったハイライトの封を切った。

「そうですね。宿泊客が宿にもどらなかったら、警察に届出るはずですが……」

「そうすると、食事したのは旅館じゃないのかな?」

貞松は納得できないという表情をして新聞をたたんだ。

塩谷涼子は旅行者だ。死亡時刻が夜の八時か九時となっているのだから、その夜泊まるつもりなら旅館やホテルに入っていそうなものである。

「駅の近くで食事して、東京へ帰るつもりだったのかもしれないぞ」

「道原さん。そりゃおかしいですよ。列車を待つ間に食事をした者が、川のほとりなんか歩きますか」

「川のほとりを歩いて駅に向かうような場所で食事をしたかもしれないじゃないか」

道原と貞松は肩を並べて、待合室の列車時刻表を見あげた。

塩谷涼子の死亡時刻からして午後八時以降の列車でなくてはならない。彼女がもしこの近くで食事をして、東京へ帰るつもりだったら、どの列車に乗ろうとしたのだろうか。

上り(名古屋方面行)では、二十時五十二分の「しなの32号」。そのあとは真夜中で、二時四十六分の「ちくま」のみである。

下り（塩尻《しおじり》方面行）では、二十時三十五分の「しなの31号」と、二十二時十六分発の普通しかない。

上り下りいずれの列車で木曾福島を発っても、東京への接続列車はすでになくなっている。

すると塩谷涼子は、木曾川流域のどこかで泊まるつもりだったとみてよさそうだ。

宿泊のために旅館に入り、食事して外へ出たまま客がもどらないのに、その旅館から届出がないというのはどういうことか。道原は駅を出て正面の山を眺めた。濃い緑で塗り潰《つぶ》したような山である。その山裾《やますそ》を木曾川の急流が洗っていた。

木曾路には旅館や民宿が多い。馬籠《まごめ》や妻籠《つまご》への観光者を相手にした旅館もあるが、塩谷涼子は御岳へ登ったような気がする。それの登山基地といったら、やはり木曾福島だ。

道原は貞松にいって、付近の旅館に当たってみることにした。

その聞き込みを駅前の旅館から始めた。塩谷涼子の写真を見せた。二軒の宿では首を横に振った。

町の中心街を通って木曾川の上流に向かった。そこに旅館が三軒あるという。

どの旅館でも、彼女の写真を見ただけでなく、塩谷涼子の名で宿帳を見てくれたが、該当はなかった。

対岸の代官屋敷近くにも一軒旅館があると教えられた。木曾川を渡った。流水は濁っていた。その川の上にせり出すようにして家が並んでいた。どれも古い造りで、増水したら流されるか崩れてしまいそうに見えた。それが崖屋造《がけやづく》りというのだ。川を中心にはさんで階段状になったせまい土地に住む人たちが考えた建物である。

訪ねた旅館は河内屋《かわちや》といった。建物は新しかった。フロントの奥がロビーで、開いた窓から川音が入ってきた。

フロントに出てきた中年の支配人は、メガネ越しに道原の出した写真を見つめていたが、

「見たことがあるような気がします」

といって、客室係の女性を呼んだ。

呼ばれて出てきた女性は三十代半ばでユキ子といった。

「この方、おととい檜《ひのき》の間にお泊まりになったお客さんです」

「おとといといったら二十六日だ。間違いないかね?」

「はい。お部屋にご案内する時も、お食事の用意をする時もわたしはお顔を見ていますから」

「食事は何時頃だった?」

「たしか七時頃に用意しました」

道原と貞松は顔を見合わせた。

宿帳には、塩谷涼子の名はなかったのだ。

「一人じゃなかったんだね？」

「はい。三十ぐらいの男の方とご一緒でした」

部屋の名称からその男の氏名と住所が分かった。「宮前尚夫《みやまえひさお》」で、住所は埼玉県川越市仙波町二丁目。年齢は三十一歳となっていた。宿帳は、他一名とあるだけで、同伴者名は明記されていなかった。

「この女性はどんな服装をしていたかね？」

「ジーパンに赤っぽいシャツだったと思います。あ、リュックを持っていました。御岳登山の帰りだといっていました」

「男のほうは？」

「男の人も、同じです」

「同じって、登山の支度だったのかね？」

「女の人より大きいリュックを背負って、大きな靴をはいていました」

女性が塩谷涼子に間違いなければ、彼女は男と一緒に御岳に登ったのだ。

「あんたは、このアベックと話をしたのかね？」

「お部屋にご案内して、お茶を淹《い》れるあいだ少し」

支配人がロビーに道原と貞松を招いた。窓際のテーブルである。真下で川が鳴っている。

「女性のことを先にききたいんだが、部屋にいる時のようすはどうだった?」

「べつに変わったところはありませんでした」

「男とは親しそうだったかね?」

「男の人は立って窓のほうを向いていました。わたしがお部屋にいるあいだは二人は話をしなかったように覚えています」

「食事はなにとなにだったか、詳しく知りたいんだが?」

ユキ子は指を折りながらそのメニューを答えた。水死体の胃の中の物と一致している。日本酒を二本添えたともユキ子はいった。

「食事のあと、二人は外出したかね?」

「さあ?」

「食事を下げたのは何時だった?」

「食事をお出しして一時間ほどして下から電話をしましたら、もう少し待ってくださいといわれて、たしか九時頃にお客さんから電話で、食事がすんだといわれました」

「もう少し待ってといったのは?」

「男の方です」

「食事が終わったと電話してきたのは？」

「やはり男の方でした」

「じゃ、九時頃片付けに行ったんだね。その時、二人はどうしていた？」

「女の方はお風呂を使っていらっしゃいました。乱れ籠《かご》に女の方の脱いだ物が入っていましたし、お風呂場から歌声も聞こえました。男の方は窓辺の椅子《いす》に腰掛けて……」

タバコを吸っていたような気がするという。

ユキ子は食器を廊下に出してから、床を二つ並べて敷いて退《さ》がり、それ以降は二人を見ていないと答えた。

「次の朝は何時頃出て行ったのかね？」

「九時頃だったと思います」

支配人が答えた。

次の朝のユキ子は、一階の空室に食事を用意して七時半頃電話でそれを告げた。やはり男が応《こた》えて、すぐに下りて行くといったという。

フロントで料金を受取ったのは支配人だった。三組の客が一緒になって忙しい時間だったという。

「この宮前という男の客は、女性と一緒だったかね？」

「はい。ご一緒でした。木曾福島駅までタクシーをご利用になったと覚えています」

「おかしいな」

道原は首をひねった。貞松はユキ子の顔を見つめている。

「もう一度、写真を見てくれないかね」

ユキ子はふたたび写真を手に取った。

「この方に間違いありません。髪の長いところも同じです」

「あんた方はけさの新聞を読んだかね?」

支配人とユキ子は同時にうなずいた。

「それには大桑駅の近くの木曾川で若い女性の遺体が発見された記事が載っていた」

「読みました」

「その女性がこの写真の人らしいんだ。まだ家族の確認はすんでいないが、ほぼ間違いない。解剖結果によると、遺体の女性は二十六日の夜、八時か九時頃死亡している。つまりここで食事をすませた時間だ」

「刑事さん。亡くなった女性は人違いじゃありませんか?」

支配人だ。

「だけどユキ子さんは、この写真の女性に間違いないといっているじゃないですか」

ユキ子はまた写真に眼を当てた。彼女の表情を観察すると、二十六日の客に間違いないといっている。

「遺体の腹の中に残っていた物と、ここの食事のメニューが合っている」

「ヘンですね？」

「宮前尚夫と一緒に泊まった女性は白っぽいジーパンでしたか？」

貞松がユキ子にきいた。

「そうだったと思います」

ユキ子の返事は自信なさそうだった。泊まったはずの客がその夜のうちに死んでいたときいて、自分の記憶が怪しいのかと思い始めたらしい。

「遺体はかなりの距離を流されて大桑駅近くまで下ったもようなんです。だから私は、食事のあと外へ散歩に出て、それで誤って川に落ちたんじゃないかと思っているんだが……。真夜中もフロントには誰かいるんですか？」

「外出しているお客さんがいないか確認して、たいてい十二時頃には玄関に鍵《かぎ》を掛けます」

「うむ……」

道原は腕を組んだ。

「次の朝、男が一人でここを出て行ったんなら分かりますがね」

貞松が手帳を片手にしていった。

「いいえ。お二人でした。それは私がはっきり見ています。売店に女の子がいますが、その子も見ていると思います」

支配人は立って行った。

五分ほどして小柄な若い女性がやってきた。支配人は二十七日朝のようすをその女性に質《ただ》した。

「リュックサックを背負った二人なら、わたしもたしかに見ています。タクシーをお呼びになりました。わたしは外に出てお見送りしました」

売店の女性は部屋では客と会ってはいないのだが、出て行く姿ははっきり記憶しているという。

「支配人さん。ユキ子さんに木曾署へ行ってもらいたいんですが」

ユキ子は眼をむくような顔をした。

貞松が耳に口を寄せてきた。

「水死体です。かなり人相は変わっていると思いますよ」

ユキ子が見ても判別がつかないのではないかというのだ。

道原は、森口刑事に連絡を取る前に、塩谷涼子らしい女性と一緒にここへ入った宮前尚夫の特徴をきくことにした。

「身長は、こちらの刑事さんぐらいです」

ユキ子は貞松を指した。彼は一七六センチある。

「太っていたか、痩《や》せていたかね？」

「こちらの刑事さんより少し細い感じでした」

メガネを掛けていて、髪は長めだったという。

「言葉の訛《なまり》とかは？」

「信州の人ではありません」

それだけではよく分からない。

「タバコを吸っていたといったね？」

「はい」

「なにを吸っていたか覚えているかね？」

ユキ子はそこまでは注意していなかったという。初めから怪しい人間とは見ていなかったのだから、細部までは観察していなかったのだろう。

支配人にいって、宿帳をコピーしてもらった。

道原は、フロントから森口刑事に電話を掛けた。

「木曾川のホトケさんの顔はひどくいたんでいるかね？」

「伝さん。まだ木曾にいたのかい？」

「近くにいる。河内屋だ。ホトケさんが二十六日にここで食事しているらしい。納得のいかないことはたくさんあるがね」

「河内屋の人にホトケさんを見せたいというんだな。顔はそれほどでもないよ。美人だということが分かるんだから」

道原が持って行った写真を見た時、森口はよく似ているといった。だから顔面には大した傷はないらしい。

森口はすぐに車でやってきた。ユキ子は蒼《あお》くなった。たまたまその客の係を務めたために、警察へ連れて行かれる羽目になったのを憾《うら》んでいるようだった。

木曾署の調べで、塩谷涼子が二十五日に御岳の剣ヶ峰旭館に宿泊していることが判明した。山頂付近の山小屋は、例年六月初めから九月末まで営業するのだが、御岳講の団体があって、特別に開けていたというのだ。そこは、去年の九月二十四日に弟の勝史が泊まった山小屋だった。

「塩谷涼子は単独で泊まっている」

車の中で森口はいった。

「森さん。その山小屋に宮前尚夫という宿泊者がいないかをきいてもらいたいんだ」

「河内屋に塩谷涼子と入った男だな」

車は、木曾川を左下にのぞかせて進んだ。対岸の山の樹林は蒼黒くさえ見えた。

3

「どうかね？」

森口がユキ子にきいた。彼女は口に水色のハンカチを当てていた。しばらくは口が利けないようだった。顔色は死人に似ていた。二十時間近くも流水にもまれていた人を見たのだから当然である。

「似ているように思います」

取調室へ入れられて彼女はやっとそう答えた。

「そうか。だけどおかしいな。二十六日の夜九時頃、食事を下げて寝床を敷きに行ったら、女は風呂を使っていた。たしかにその音をきいたんだね？」

「ききました」

ユキ子は下を向いて、ハンカチの中でいった。

「靴はあったかね？」

「靴を置く棚があって、そこへわたしがそろえて置いた通りになっていました」

「おかしいな。次の朝は男と一緒にタクシーを呼んで出て行ったのか……」

森口は椅子に反って両手を頭に置いた。

若い刑事が入ってきて、森口に耳打ちして出て行った。

「伝さん。『寝覚ノ床《ねざめのとこ》』の近くで赤い縞《しま》のシャツが見つかったというんだ」

「赤い縞の……。ユキ子さん。二十六日に男と一緒に入ってきた時例の女性は、たしか赤いシャツだといったね？」

道原がきいた。

「柄までは覚えがありませんが、赤いシャツでした」

「そのシャツが今とどくから見てくれないか」

森口がいうと、ユキ子はまた臭い物を嗅《か》いだような顔をした。

「寝覚ノ床」というのは、上松《あげまつ》町の木曾谷にある天然の奇勝である。中央本線上松駅から南に約二キロで、花崗《かこう》岩の節理に木曾川の浸食が作用して深い淵《ふち》を作っていて、木曾路随一の景勝とされている。

道原は、娘の比呂子《ひろこ》がまだ小学生の頃に一緒に連れて行ったことがある。方状に重なった岩の上にあぐらをかいて、弁当を開いたものだった。鉄橋を渡る列車を眺めた記憶もある。

ビニール袋に入れられたシャツがとどいた。水を吸って、赤というよりも濃茶に近かった。黄色の格子縞が通っている。

森口は手袋をはめて、それをテーブルに引き出した。ユキ子は、またハンカチで口を押えた。首を横に振った。たしかなことはいえないといっている。

シャツのポケットからはなにも出てこなかった。

「かなり上等の物だな」

森口がいった。

貞松は、シャツをカメラに収めた。

「ついでに、地下のホトケさんも撮ったらどうだね」

森口が薄く笑っていう。

「いいです。ちゃんとした写真が何枚もありますから」

貞松は、顔の前で手を振った。

「宮前尚夫の名では、どの山小屋にも宿泊該当がありません」

若い刑事がきて報告した。

「このお客さんを河内屋まで送ってやってくれ」

森口はユキ子のことをその刑事にいった。彼女はほっとした表情になって取調室を出て行った。

「伝さんは、諏訪へ帰るのかね?」

森口は椅子を立った。

「素通りして東京へもどる。塩谷涼子の家族はあした着くだろう。その結果を電話できくよ。彼女だと確認できたら、町田市の住まいを見せてもらう。同伴の男が分かるかもしれない」

「伝さんは、うちと諏訪署の掛け持ちだな」

森口は眼を細めた。笑うと不気味な顔付きになる男だ。

木曾署の庭にはパトカーが一台ぽつんととまっていた。白い犬が猫を追って道原の前を横切った。空は蒼く澄み、川の上を二羽のトビが輪を描いていた。

「こんなにいい天気だと山に登りたくなります」

貞松が御岳のほうを向いていう。もとより御岳が見えるわけはなかったが、この霊山には事件を解く深い謎《なぞ》が隠されているような気がした。貞松も事件を忘れたわけではなく、塩谷涼子らしい遺体の死因を山に求めようといっているのかもしれなかった。

道原と貞松は、川音をききながら木曾福島駅に着いた。駅前から家並み越しにまた山を眺めた。完全に陽《ひ》が隠れた山は青黒かった。樹木の密生は息苦しくさえあった。

「西岡万沙子と塩谷涼子の両方の身辺をいっぺんに調べるわけにはいかない。どっちかに絞るよりしょうがないな」

列車に乗ってから道原はいった。

「考えてみるとヘンな事件ですね。万沙子のほうは首を絞められて殺されてから谷に放り込まれた。彼女は誰と赤岳に登っていたのかさっぱり分かりません。彼女のことをよく知っているとみられた涼子を訪ねてみたら、木曾へ行っていた。その涼子も変死している……」

「木曾川の変死体がまだ涼子と決まったわけじゃない」

「ぼくは彼女に間違いないと思います。リュックを背負って出発してから五日目です。いくら職に就いていないといっても長過ぎます。それに彼女には木曾御岳にいささかなりとも縁があります」

「弟が遭難しているからな」

「万沙子か涼子のどちらかが生きていたら、どっちの事件も簡単に解決したかもしれませんね」

「おれもそんな気がするんだ。涼子は万沙子の赤岳行きと同伴者を知っていたかもしれないし、万沙子は涼子の木曾行きの目的を知らされていたかもしれない」

「そういうふうに考えると、二つの事件はどこかでつながっていそうですね。たとえば犯人が同じだとか……」

　貞松も、涼子は殺されたものとみているようである。

　新宿に着くと道原は念のために、また涼子の住まいへ電話を入れてみた。だがやはり受話器を取り上げる者はいなかった。女性の一人住まいの電話が鳴りつづける夜の部屋の情景を道原は頭に浮かべた。小さなマンションの隣室で、このベルの音をきく人は、掛けている相手をどう想像しているだろうか。彼女の部屋へ電話を掛けている人は道原だけではないかもしれない。涼子には好きな男性がいて、彼女の帰宅の遅れを気遣って、何回も掛けているのではないか。

木曾福島の旅館河内屋へ男と一緒に入った女性は涼子によく似ている。涼子だったとしたら宿泊するつもりだったに違いない。相手は登った山で知り合った男だったのだろうか。

涼子がどんな性格で、どのような生活をしてきた女性か道原は把握していない。まだ彼女の素姓も分からないし、好きでもない男とともに旅館へ入るような女だったかどうかも分かっていない。

河内屋へ入ったのが涼子だとしたら、男は彼女と深い間柄だったのではないか。あるいは御岳へその男と一緒に登って、その帰りだったのではないか。

涼子の身辺を洗えば、交際していた男が浮かんできそうだ。その男に山登りの経験があるとしたら、今回の同行者の可能性が濃い。

同伴の女性が奇禍《きか》に遭ったのに、それを届出ない男がいたとしたら犯罪に関係がある。あるいは、男には届出られない事情があるとみなくてはならない。今のところ事故か他殺かは断定できないが、涼子の身辺を精査してみる必要がある。

翌朝、道原は西岡万沙子の出身校である星教女子大学を訪ねた。学生時代親しかった人をさがすためだ。

同窓会名簿を頼りに何人かに電話で当たるうち、卒業後も彼女と交際しているという三人が見つかった。

その一人、ユニオン商事に勤めている荒垣達江《あらがきたつえ》に会うことにした。

「新聞を見てびっくりしました。ご両親にお会いしたことがなかったものですから、香典をご家族に送っておきました」

荒垣達江は長身だった。

「西岡万沙子さんとはいつ頃会いましたか？」

「一か月ほど前でした。新宿でお食事をしながら、また山へ一緒に行かないって話し合ったものです」

荒垣達江は青い縞の入ったハンカチを揉《も》んだ。

「じゃあなたは、以前万沙子さんと山へ登ったことがあるんですね？」

道原は手応《てごた》えを感じた。

「学生の時にです。二度彼女に連れられて登りました。そのうちの一度が、今回彼女が死んだ赤岳です」

「ほう。その時は何人で？」

「吉沢夏子《よしざわなつこ》さんという同級生と三人でした」

「万沙子さんは、赤岳をよく知っているようすでしたか？」

「その時は、赤岳は初めてだといっていました。吉沢さんもわたくしも初めてでしたから、どのルートから登ろうかって、三人で検討しました」

「どこから登ったんですか？」

「美濃戸口《みのとぐち》というところまで行って、そこから登りました」

最もポピュラーなルートである。

「山小屋はどこに泊まりましたか？」

「赤岳頂上小屋です」

「万沙子さんは今回も同じ山小屋に泊まっている。ということは、少なくとも赤岳を二回経験しているわけです」

貞松が、腕をついた。出発した当日いきなり赤岳まで登ったのかを尋ねるのを忘れないようにと注意した。

「出発した日は蓼科《たてしな》のホテルに泊まりました。タクシーを予約しておいて、登る朝迎えにきてもらったんです」

それは湯の滝ホテルだという。蓼科温泉では有名ホテルの一軒だ。

「捜査本部に連絡して、二十日に西岡万沙子さんが湯の滝ホテルに泊まっていないかを確認するようにいってくれ」

貞松は、はい、といって椅子を立ったが、二、三呼吸動かなかった。小柳課長になにかいわれはしまいかと尻込《しりご》みしているらしいのだ。

「万沙子さんには、婚約者がいたという情報があります。荒垣さんはそういう話を耳にしていませんか？」

「名前もきいていませんしお会いしたこともありませんが、そういう方がいると彼女はいっていました」

「婚約者がいるという話を、あなたはいつききましたか？」

「もう一年ぐらい前だったような気がしますが……」

荒垣達江は首を傾《かし》げて答えた。

「一緒に山へ行った吉沢夏子さんは詳しく知っていないでしょうか？」

「さあ。彼女から西岡さんのプライベートなことをきいたことはありません。吉沢さんよりわたくしのほうが西岡さんと会う機会は多かったと思います」

道原は、吉沢夏子の連絡先をきいて手帳に控えた。

「万沙子さんは今回、赤岳の山小屋へ単独で泊まっています。彼女はたびたび単独で登っていましたか？」

「新聞でそれを知って、なぜ一人で登ったのか不思議な気がして、吉沢さんと電話で話しました。吉沢さんも西岡さんが一人で山へ行ったことなどきいたことがないといっていました」

「しかも万沙子さんは、険しい岩場から谷に投げ込まれた。その前に殺されていた。あなたはどう思いますか？」

荒垣達江は、たたんだハンカチを口に当てた。

「そんな恐ろしいことに巻き込まれるような人とは、とても思えません」

貞松がもどってきた。憤《おこ》ったような顔をしている。木曽署へ行き、そのまま東京へもどったので小柳課長は彼にさんざん文句をいったに違いない。貞松は道原に対して腹を立てているのだ。

道原は、万沙子に塩谷涼子という友人がいたが知っているかと荒垣達江にきいた。

「西岡さんと山へよく登っていた方じゃありませんか？」

「きいたことがあるんですね？」

「塩谷さんといったかどうか覚えていませんが、そういうお友だちがいることだけはきいていました。その方と一緒に山で撮った写真を西岡さんに見せてもらったことがあります」

道原は、塩谷涼子の写真を出した。

「そうです。この方ですわ。……刑事さんがこの写真を持っていらっしゃるということは、この方をおさがしなんですか?」

荒垣達江は、写真から顔をあげた。

「住所は分かりましたが、木曾へ出掛けたきり、幾日ももどってこないんです」

「木曾……」

彼女はそういうと、片手を頰《ほお》に当てて小首を傾げた。なにかを思い出そうとしている真剣な表情だ。

「たしか、この方の弟さん、木曾の山で遭難したんじゃなかったでしょうか?」

「その通りです。御岳で亡くなっています。それについて、万沙子さんがなにかいっていましたか?」

「西岡さんのお友だちは、弟さんの遭難に疑問を持っているとわたくしにいったことがありました」

「どんな疑問だったのかな?」

「弟さんはお姉さんに山小屋から電話を掛けてよこして、意外な人に山で会ったといったそうです」

「意外な人に……」

「お姉さんが誰かとききましたら、帰ってから話すといったということです。次の日に弟さんは遭難したんです」

「姉さんというのは塩谷涼子さんのことだが、弟さんが山で会ったという人が誰だったかは分からずじまいなんですね?」

「西岡さんはそういっていました。塩谷さんは、弟さんが山で会ったという人をさがしていらっしゃるようでした」

「弟さんが山で会ったといった人と、遭難とは関係があるということでしょうかね?」

「わたくしも西岡さんの話をきいてそんなふうに受け取りました。塩谷さんは今度も、弟さんが山で会ったという人を知るために木曾へ出掛けられたんじゃないでしょうか」

そうかもしれない。涼子の弟の勝史が山で会ったと彼女にいった人が誰かは不明だ。が、涼子の木曾行きには謎の解明の目的があったようだ。彼女は、勝史が山で会った人間を知りたかっただけではないだろう。その人間と勝史の遭難とを結びつけているのではないだろうか。となると彼の死亡はありきたりの遭難ではないのかもしれない。少なくとも涼子はそう解釈したのだろう。

「万沙子さんは、塩谷涼子さんが抱いていた疑問について詳しく知っていたようでしたか?」

「知っていたと思います。相談相手になっているような話し振りでしたから」

荒垣達江の話は重要な情報だった。それだけに、塩谷涼子の不在が悔やまれた。いや、彼女は木曾川で変死したその本人かもしれないのだ。

道原は手帳を閉じた。眼の前の荒垣達江に、木曾川で発見された変死体が塩谷涼子に似ているといいかけたが口に出さなかった。それをいったところで、彼女からはこれ以上の情報は得られそうもないと判断したからだ。

4

ユニオン商事を出ると、荒垣達江からきいた吉沢夏子に連絡を取った。彼女は建設会社に勤めている。

「貞松君。本部へ電話を入れろ。西岡万沙子の二十日の宿泊先が確認できたかもしれない」

「ぼくがですか。課長はさっきも、『伝さんはどうした』ってききましたよ」

「おれはまだ人と会っているっていえばいい。いつまでも課長を避けていないで、積極的に話してみろ。ああ見えても結構温かい面を持った人なんだ」

「それだったら……」

「なんだ？」

「いえ。連絡します」

貞松は公衆電話ボックスに駆け込んだ。

ガラス越しに見ているると貞松は笑顔で話している。どうやら相手は小柳課長ではないらしい。貞松は、外にいる道原に向かって、指で丸を作った。西岡万沙子の宿泊先が確認できたということなのだろう。いつまでたっても刑事らしさが身に付かない男である。

「武居君と話していたのか？」

ボックスから出た貞松にきいた。

「今井です。西岡万沙子はやっぱり湯の滝ホテルに泊まっていました」

「単独か？」

「ホテルでは宿帳を見てそう答えていますが、これから今井たちが宿帳の筆跡を取りに行くといっています」

「なにをへらへら笑っていたんだ？」

「課長が、『伝さんはサダの助手になったらしい』といっているっていうものですから」

道原はきのう木曾福島から連絡したきりである。その時小柳課長は、管轄外の溺死なんか調べていないで東京でやることがたくさんあるはずだ、と不機嫌にいっていた。以降、貞松にばかり電話を掛けさせているので、小柳課長は皮肉をいっているのだ。

「それがそんなに面白いのか？」

「課長のふくれっ面を想像しただけで笑えてくるじゃないですか」

「おれは笑えない。上司がふくれっ面をするにはそれなりの理由があるからだ」

「そんな怒らないでくださいよ。今井がいったことを伝えただけじゃないですか。伝さん、いえ、道原さんが細かく連絡を取っていれば、課長はご機嫌なんですよ」

「課長の機嫌を取るために、おれは連絡しているんじゃない。だらしない顔をして笑っているから、ボックスの中にバッグを忘れているじゃないか」

貞松は頭に手をやった。


吉沢夏子は丸いメガネを掛けていた。彼女は会社の小会議室へ二人を招いた。殺風景な室だった。

西岡万沙子が赤岳で殺されたことについては、まったく心当たりがないと、さっきの荒垣達江と同じ答えだった。万沙子の男性関係についても知らないという。

道原は、塩谷涼子に触れてみた。

「その方でしたら、一度お会いしています」

これは意外な返事だった。彼女は、西岡万沙子と一緒に塩谷涼子と食事をしたことがあるという。

道原は写真を彼女の手に取らせた。

「そうです。この方です。色白でとてもきれいな方でした」

「西岡万沙子さんは塩谷さんとは親しかったようですね？」

「山友だちというだけでなくて、個人的なことを話し合える仲だったと思います」

「塩谷さんの弟さんが、去年の秋、木曾御岳で遭難しています。そういう話をきいていますか？」

「伺っています。その遭難について塩谷さんは誰かをさがしているというようなお話でした」

「弟さんは遭難する前の日に、山から姉の塩谷さんに、『意外な人に会った』と電話しているというが、その意外な人をさがしていたんじゃないでしょうか？」

「そういうお話でした。わたしが塩谷さんに、その方の見当はついているんですかってききましたら、男の人だと思うとだけいっていました」

勝史は、その「意外な人」に御岳で会ったように思われる。彼は山に登って無事だという報告を姉にしたのだろうが、そのついでに思いがけないところで知人に会い、それも知らせた。わざわざそれをいったということは、勝史が会った人は涼子の知り合いでもあったのではないか。彼は東京に帰ってから山で会った人のことを姉に話すつもりだったようだ。話せば涼子がさぞ驚くに違いない人だったのではないか。だから山小屋からの電話で話さず勿体振《もったいぶ》ったのではなかろうか。

これは勝史の、たとえば高校や大学の後輩や先輩ではない。涼子の経歴の中に存在したことのある人物ではないのか。

「塩谷さんが、弟さんが会ったという人をさがすというのはどういうことでしょうね？」

道原は、吉沢夏子に断わってタバコに火をつけた。

「その人と弟さんの遭難とを結びつけているんじゃないでしょうか」

「なぜですか？」

「山に登る道中か山頂か、それとも同じ山小屋かでその人に会ったのだと思います。それならその人は弟さんの遭難を知っているんじゃないでしょうか。たとえば次の日の行動は別々でも、後日新聞とかで知ったはずです。それなのに連絡してこないという点に、塩谷さんはひっかかっているようでした」

「そうか。塩谷さんは、山をやる人なら、山岳遭難のニュースにも関心が深い。テレビや新聞でそれを知れば、家族などに、じつは山で会ったといってきそうなものだが、そういう人がいなかった。だから疑いを持ったというわけですね」

「西岡さんは塩谷さんから相談を受けてあれこれ推理していたようです。それで弟さんのいった『意外な人』は、見られては困るような人と一緒にいたんじゃないかしらといっていました。……刑事さんは塩谷さんにはお会いになっていらっしゃらないのですか？」

吉沢夏子は、メガネの中でまばたいた。

「それが困ったことになっていましてね」

「なにか？」

「塩谷涼子さんは、今月の二十四日の朝、町田市の住まいを木曾へ行くといって出たままもどらないんですよ」

「えっ……」

吉沢夏子は、両手を頬にあげた。

「山へですか？」

「リュックを背負って出掛けるのを、マンションの家主が見ています」

「こんなことをわたしがいってはなんですが、御岳山の山小屋には当たっていらっしゃるんでしょうね？」

「二十五日は、剣ヶ峰旭館という山小屋に宿泊したことが確認されています」

「そのあとの足取りはお分かりにならないのですか？」

吉沢夏子は、道原と貞松の顔に訴えるような表情をした。

「ここの電話を借りられますか。ちょっと確認したいことを思い出したものですから」

吉沢夏子は、どうぞ、といって室の隅を指差した。

小さなテーブルにのっている薄緑色の電話を道原は手にした。木曾署へ掛けるのだ。

「さっき確認した」

森口刑事が答えた。

「やっぱりそうだったのかね？」

「間違いなかった。伝さんのお陰でホトケさんを早く身内に引き渡すことができたよ」

「そうか。じゃ、約束通り彼女のマンションを見ることにする」

道原は、その結果をあとで連絡するといって電話を切った。

「吉沢さん。塩谷涼子さんは死んでいました」

吉沢夏子は、眼をむいて両手を口に当てた。

「御岳山でですか？」

声は震えている。

「木曾川です。じつはきのう私たちは木曾署へ行ってきたんです。その時は身元不明の水死体でしたが、きょう家族によって涼子さんだと確認されました」

「弟さんの遭難と関係があるのでしょうか？」

吉沢夏子は、塩谷涼子の死亡に事件性を感じ取ったもようである。

「今のところはっきりとはいえないが、原因不明の変死であるのは事実です」

「西岡さんは赤岳で亡くなるし、塩谷さんは木曾川で亡くなるし、一体どうしたのでしょうか？」

吉沢夏子は、口に当てた手の中でいった。

建設会社を出ると、道原は木曾署に電話を入れた。

「これから塩谷涼子の住まいへ行くが、河内屋の檜の間から指紋を採ってくれないか」

「伝さんは、二十六日に男と一緒に入った客が塩谷涼子に間違いないとみているんだな」

森口はいう。

「ユキ子という客室係が、塩谷涼子の写真を一眼見てこの人だといったんだ。その前に支配人も見覚えがあるといった。だから指紋を採ってくれれば、彼女がその客だったかどうかが分かるじゃないか」

森口は、すぐに鑑識を連れて出掛けるといった。だが彼は、二十六日に檜の間に泊まったアベックは翌朝、そろってチェックアウトし、タクシーを呼んで帰っている点から、河内屋へ入ったのは涼子ではないとみているらしいのだ。涼子が死んだのは、二十六日の午後八時から九時頃だ。それなのに、一泊して翌朝、男と一緒に出て行くわけがないといっているのだ。

そこには道原もひっかからないわけではない。

彼は空を仰いだ。今しも雨が落ちてきそうに雲は低かった。どこにも切れ間はなくて蒸し暑い。

第四章　桑畑のある町

1

町田市の塩谷涼子のマンションの家主は、彼女が死亡していたことを道原からきいて、口を開けた。

「御岳山《おんたけさん》へ登って遭難したんですね？」

「それが妙なことに、木曾川で死体が見つかったんです」

「まあ。このあいだ刑事さんがお見えになったあと思い出したんですが、塩谷さんの弟さんが去年御岳山で亡くなっているんですよ」

部屋の鍵を提げて主婦は蒼い顔をした。

涼子の部屋は、ちょうど西岡万沙子が住んでいたところと同じぐらいの広さだった。

ガラス棚があって、そこに小さなコケシがいくつも並んでいた。コケシには観光地や温泉の名が入っているのもあった。

窓辺に木製の机があり、引き出しにダイアリーがしまわれていた。それには彼女にとっての重要事項らしいことだけがごくたまに書き込まれていた。つまり毎日の出来事を細かく記《つ》けているのではなかった。

彼女は、三月初め頃に勤めていた下沢病院をやめる決心をしていたらしく、「辞意を告げたが承知してもらえない」と細いペンで書いてあった。退職理由は記していない。

貞松は、机の引き出しを丹念に調べていたが、腕を組んで唸《うな》った。

「彼女も、郵便物を一切とっておかなかったんですかね？」

西岡万沙子の部屋からは父親の手紙が二通出てきただけだった。それを貞松はいっているのだ。

塩谷涼子はここに入居して三年になる。その間に誰かからハガキの一枚ぐらいはきていそうなものである。年賀状もきたはずだ。だがそれを読んだあと捨ててしまったのだろうか。

「住所録のような物はないか？」

「ありません。電話番号を書いた物もないですね」

「持って出たということかな」

「そうとしか思えません」

「木曾川からリュックが見つかるといいがな」

キッチンに立っていた家主方の主婦は、部屋に空気を入れるといって窓を開けた。この部屋に住んでいた人が死亡したときいて、彼女は気味悪がっているのだった。

「アルバムはないかな」

道原は、洋服ダンスの中に首を突っ込んだ。

「ヘンですね。写真を残しておかないという人はいないはずですが」

貞松は押入れを調べた。積み重ねてある布団を出した。敷布団の幅はせまかった。白いシーツがたたんであった。どこからもアルバムは見つからなかった。

冷蔵庫には、野菜ジュースと小さな缶ビールにバターが入っていた。山へ出掛けるために食べ物は整理したようすである。

電話はキッチンのテーブルにあったが、メモ紙一枚のこっていなかった。

「道原さん。誰かがこの部屋へ侵入したということはないでしょうか？」

「おれもそれを考えていたんだ」

それは、涼子が何者かに殺害されたとみてのうえだ。犯人は彼女の荷物からアドレスノートのような物を抜き取った。女性だから化粧品入れや小型のバッグをリュックに入れていただろう。その中からこの部屋のキーを奪い、それでここに侵入して、調べられてはまずい物を盗み出したということも考えられる。

道原は今までに、男女を問わず独身者の部屋を調べたことは何回もあるが、たいていの人は住所録は置いていたし、アルバムの類を持っていなかった人は皆無に近かった。

　ここにもし彼女を殺害した犯人が忍び込んだとしたら、それは彼女といささかなりとも付合いがあった者ということになる。犯人は、自分の住所が載っている物や、写真があるのを恐れたのだ。

「断定は禁物だが、彼女の知り合いの線を一応考えるべきだな」

　道原は、主婦にきこえぬように低声《こごえ》でいった。

　道原は、キッチンに蒼い顔をして立っている主婦に、この部屋をしばらくこのままにしておいてくれといった。

「はい、手は付けません。敷金を頂いていますから、三か月はこのままにしておかなくてはなりません。いずれご家族が引き払っていかれるでしょう」

　入居者が死亡したのは初めてだ、と主婦はつぶやいた。

　塩谷涼子の死亡には三通りが考えられた。自殺、事故死、他殺である。

「それの一つを決めるのは、河内屋の部屋の彼女の指紋だな」

　マンションをあとにして道原はいった。

「指紋があっても、他殺とはいえませんよ。彼女に自殺されたために、一緒にいた男は自分のことが知られるのを恐れて届出なかったかもしれません。事故死でも同じです」

「そうか。しかし、指紋が出れば彼女が河内屋に入ったことは事実だということにな るんだ。木曾署は黙って出て行った男を追及しなくちゃならん」

「道原さん。ぼくらは西岡万沙子の他殺を調べていたらその友だちが塩谷涼子だとい うことが分かりました」

「その通りだ」

「涼子が木曾へ出掛けて帰ってこないものだから不審を抱いていたら、木曾川で変死 していました」

「なにをいいたいんだ。結論を早くいえ」

「二人の死亡は無関係かもしれません。ですから万沙子のほうに的を絞りませんか?」

「おれだって万沙子の事件に的を絞りたいと思っていたが、涼子が妙な死に方をした んで、そっちに眼が向いていただけだ。木曾署もぼんやりしていたしな」

「仙台市の万沙子の実家を訪ねてみませんか。彼女の事件を知って友だちからも悔み の連絡なり供物なりがとどいているはずです。友だちや知人を洗ったら、彼女と一緒 に赤岳に登ったと思われる人間が浮かんでくるような気がするんです」

「いい案だ。やってみよう。その前に木曾署に結果をききたい」

道原は電話ボックスへ走った。

「伝さんの勘ははずれたな」

「なにっ。塩谷涼子の指紋はなかったというのかい？」

「建具や柱、テーブル、洗面所といたるところのを採ったが、彼女の指紋はない」

「ほかの指紋はあるんだな？」

「檜の間には二十七日も二十八日も客が泊まっているし、特に二十八日は団体客が入っている。だから大勢の指紋が付いているけど、彼女に該当するものはなかった」

「森さんは、二十六日に男と一緒に檜の間を使った客は彼女じゃないとみているんだな？」

「そうみるよりしょうがないよ。彼女が河内屋に入ったという証拠がないんだから」

「客室係のユキ子が彼女だったといっているじゃないか」

「似ているというだけじゃ証拠にはならないよ。似ていたというのは偶然だったんだよ」

「二十六日に檜の間に泊まった宮前尚夫という男の住所は確認したのかね？」

「今、埼玉県警に照会中だ。その男が実在していて、二十六日に河内屋に泊まったことが分かり、同伴者の女性も確認できたら、伝さんの見込みは完全にはずれたことになる。ところで、塩谷涼子の部屋からはなにか見付かったかね？」

道原は森口に笑われているような気がした。

「それがおかしいんだ。住所録も郵便物もないし、本人のを含めて写真というものが一枚も置いてない。空巣が入ってその類の物を持ち去ったとも考えられる」

「伝さんのように、塩谷涼子が殺されたとみれば、その犯人が空巣をはたらいたとも取れるな。しかし彼女が殺されたという証拠はどこにもないじゃないか」

そういわれればその通りである。たとえば塩谷涼子が、赤岳の西岡万沙子のように絞殺されたうえ谷に投げ込まれたということが明確なら、木曾署は殺人事件として捜査本部を設けて動き出しただろう。塩谷涼子の場合は、木曾川で水死体となって発見されたというだけで、他人から危害を加えられた痕跡《こんせき》は認められないのである。

「彼女の胃の内容物と、河内屋が出した夕食が一致している点はどう考えるんだね？」

道原は森口に嚙《か》み付くようにいった。

「あの程度の食事は、どこの旅館だって出している。うちらは、この付近の旅館に二十六日の夕食の内容を一応当たることにしているがね」

森口はそういって、タバコをくわえたようだった。

2

道原と貞松は、東上線の川越駅に降りた。

二十六日に木曾福島町の河内屋に女性と泊まった宮前尚夫が宿帳に記入した住所は、駅から六、七分だった。木曾署は埼玉県警に依頼して、この住所と同人が実在するかを確認しているのだが、道原は自分の眼でたしかめないと気がすまなかった。

「木曾署では、塩谷涼子を事故死か自殺としかみていないようですね」

貞松は、駅前交番で描いてもらった地図を見ながらいう。

「ああいう地域の署にいると、殺人事件とは無縁だと思うようになるんだよ。ほんとうは殺人なんか起こらないのが一番いいけどな」

貞松は、地図を手にして首を傾げた。仙波町二丁目の住居表示は合っているが、それはデパートの配送センターだった。付近の家を片っ端から当たったが、該当する姓の家はなかった。

二人は駅前の交番へもどった。薄冊を繰ってもらった。過去にそういう名前の人が居住していたことがあったかどうかを調べてもらった。

「さっき長野県警から、その名前の人が実在するかどうかの確認要請がありましたが……」

自転車でもどってきた警官がいった。木曾署からの問い合わせだ。

「やっぱり該当者はなかったんだね?」

「ありませんでした」

警官は、道原と貞松を見比べるようにした。

「架空か」

道原はつぶやいた。

これで木曾署は、塩谷涼子の変死に対する見方を変えるだろう。

しかし、道原は今までの経験から、宿帳には偽名を書く宿泊者が多いのを知っている。特に関係を知られたくない女性と泊まった客の大半が偽の住所である。だが今回の場合は、事件の参考人だ。宿帳に記入した通り、その人が実在し、一緒に泊まった女性が確認されれば、嫌疑は晴れるのだ。宮前尚夫の同伴者は塩谷涼子ではなかったということになる。旅館の人が塩谷涼子に似ていると勘違いしただけである。

ところが、宮前尚夫は宿帳の住所に住んでいなかった。住所を偽っただけでなしに偽名かもしれない。こうなると、塩谷涼子の事件に関係していると疑いたくなるものだ。

宮前尚夫と申告した男の写真でも持っていれば、近所でこの男に心当たりはないかと聞き込むことができるが、人相もはっきり分かっていないのだから、どうすることもできない。

「河内屋のユキ子の記憶は当たっているかもしれないな」

「宮前という男と一緒に入ったのが塩谷涼子だというわけですね？」

「旅館の人たちの眼は、一般の商店の人たちなんかと違う。自殺するような客はそのようすでなんとなく分かるという話を諏訪の旅館の支配人にきいたことがある」

「人相を記憶する習慣がついているんでしょうね」

厚く張っていた雲が割れて月がのぞいた。が、またすぐに黒い雲の中に隠れてしまった。

「あしたはやっぱり、仙台へ行ってみるか」

道原は、なま暖かい風の吹く駅のホームでいった。

「宮前と名乗った男の住所がでたらめだとなると、そいつを追ってみたくなりますね」

「西岡万沙子の事件に的を絞ろうっていったのは君だぞ」

「覚えています。あした万沙子の実家を訪ねましょう。きっと収穫がありますよ」

貞松は、道原を慰めるようないい方をした。

翌朝、二人は九時に仙台へ着いた。道原が初めてこの駅を降りた時は、上野駅から六時間ぐらいかかったのを覚えている。ずい分以前のことだ。

「前からきいてはいましたが、立派な都市なんですね」

貞松は四方に首を回し、町並みは松本市以上だと感想をいった。

西岡万沙子の実家は、仙台駅から歩いて七、八分の青葉通りにある和菓子店だった。

入口に「伊達屋《だてや》」と右から読む大看板が掲げられていた。彼女の父重次郎で四代目という老舗《しにせ》である。店には白いスカーフをかぶり白のユニホームを着た若い女店員が三、四人いた。住まいは店の裏側の別棟だった。

そこには線香の匂《にお》いがただよっていた。奥の間の祭壇は広くて高く、写真の万沙子は白菊の中で笑っていた。

血色の悪い顔をした母親の時枝《ときえ》が出てきて、重次郎に並んで畳に両手を突いた。時枝が万沙子の遺体確認に諏訪までこられなかったのは、病弱のためだった。

きけば重次郎は、この家の婿養子だという。

万沙子の下には弟が二人いた。いずれも学生である。

焼香をすませると道原は、両親に向かってあらためて悔みを述べた。

万沙子が山へ出発する前、実家に連絡はあったかをきくと、

「幾日も留守をするつもりではなかったのか、なにもいってはきませんでした」

時枝が細い声で答えた。

道原は、万沙子の友人を尋ねた。

「塩谷涼子さんには連絡が付きましたか？」

道原が東京から重次郎に、涼子から連絡があったかを問い合わせたからだ。

「それがじつは……」

道原はポケットの中のタバコをつかんだ。

「塩谷さんになにかあったんですか?」

時枝が蒼白い顔を傾けた。

「亡くなりました」

重次郎と時枝は顔を見合わせた。

「先日刑事さんは電話で、木曾の山へ出掛けたらしいとおっしゃっていましたが、まさか山で?」

「川です。木曾川で発見されました」

一瞬、怖気《おじけ》だったように身震いした時枝の眼は見る見るうちに光ってきた。

「連絡がないから、どうしたのかと思っていたら……」

「どうやら、去年亡くなった弟さんの遭難現場へ登ったあと、災難に遭ったようですが、その原因はまだ分かっていません」

「万沙子も塩谷さんも、どうしたというんでしょう」

時枝は、涙をためた眼を祭壇に向けた。青い煙が白菊の上を舞っていた。

「東京では、塩谷さんと一番親しくしていたと思います。あとは大学の同級生だった荒垣達江さんと吉沢夏子さん。会社では内村明子さんのことをよく話していました」

時枝は力のない声で答えた。

「万沙子さんの不幸を知って、連絡してきた人をすべて教えてくれませんか？」

時枝が立とうとするのをとめて、重次郎が腰を上げた。

彼は、会葬者芳名帳と供物や香典の控えを持ってもどった。

貞松が、万沙子の友人や知人の名前と住所を手帳に書き取った。

「万沙子さんのお友だちだったが、なんの連絡もない人はいませんか？」

「わたしたちが知っている人は、皆さんきてくれたり連絡をくれました」

時枝は、眼尻《めじり》に指を当てていった。

「私たちは万沙子さんの知り合いの何人かから、婚約者がいたという話をききました。お父さんもお母さんもその人を当然ご存知《ぞんじ》だったでしょうね？」

「万沙子から好きな人ができたという話はききました。ここへ連れてくるようにいいましたら、そのうちに紹介するといっていましたが、それきりでした」

名前はきいていないと時枝はいった。

「香典を送ってよこした人の中に、お父さんやお母さんが知らない名前の人は？」

「二人います。この方です」

時枝は、香典の控えの二か所に指先を当てた。二人とも女性名で、住所は東京だった。

「こういうきき方は失礼ですが勘弁してください」

道原は断わった。

「なんでしょうか？」

「こちらの家とかご家族のどなたかを恨んでいるような人の心当たりはありませんか？」

重次郎と時枝は同時に首を傾けた。

「うちは長年この商売をしております。その間には気が付かないうちに誰かを傷付けているかもしれません。ですが刑事さん。子供が殺されるほど恨まれる覚えはありません」

時枝は語尾を高くして、口元を押え嗚咽《おえつ》した。六十歳ぐらいのお手伝いが茶を淹《い》れ替えて、黒塗りのテーブルに和菓子を置いた。うちの店の物だといって重次郎がすすめた。葛《くず》ざくらに似ていた。貞松は、こぼした餡《あん》を摘まんで口に入れた。

「念のためにうかがうのですが、宮前尚夫という名前に記憶はありませんか？」

道原は思い付いてきいてみた。木曾福島の河内屋の宿帳に残っている男の名である。

「さあ、きいたことありません。どういう方でしょうか？」

「いや。別の事件で調べている男です。参考までにうかがっただけです」

「宮前といったら、群馬県に多い姓ですね」

重次郎がいった。

「お知り合いに同じ姓の方がいるんですか？」

「私が修業していた東京の菓子屋に宮前という人がいまして、群馬県の万場《まんば》町（現・神流町）というところからきていました。その人の出身地には宮前姓の家が多いといっていたものですから」

「その人とは今もお付合いが？」

「高崎市で菓子店を開いていますが、年賀状を交換する程度で、もう十年も会っていません」

宮前という姓はそれほど多いほうではなさそうだ。河内屋に泊まった男が偽名にその姓を使ったとしたら、あるいは群馬県の出身者なのかもしれない。それとも宮前という知り合いがいて、宿帳に偽名を書く段になってそれが頭に浮かんだということも考えられる。

「万沙子さんが婚約した人は群馬県の出身ではなかったですか？」

「それもきいていません」

時枝は恨めしげな表情で祭壇に眼をやった。

「万場町ってどの辺か知っているか？」

道原は貞松にきいた。きいたことのある地名だが、正確な位置は分からないと貞松はいう。

「なんでも埼玉県の秩父《ちちぶ》地方と背中合わせだと、菓子屋にいた人はいっていました」

道原は、宮前姓が群馬県に多く、殊に万場町周辺に集中していることを手帳に控えた。

3

仙台駅前の公衆電話から群馬県庁に掛けてきくと、多野郡万場町は県の南西部で神《かん》流川《ながわ》中流域を占める農林業の町だと教えられた。そこにはたしかに宮前姓が集中しているという。

ほぼ場所の見当が付いた。たしかに秩父地方と接している。

道原は今度は、万場町役場の戸籍係に電話を入れた。

宮前尚夫という男が実在するか、いればその住所を調べておいてくれと頼んだ。

万場町は高崎線の本庄《ほんじょう》からバスで入るのだという。道原は大宮に着いたら役場に電話を入れることにした。場合によっては万場町まで足を延ばすことになるかもしれない。

「どんなことでもきいてみるものですね」

新幹線に乗ると貞松がいった。

「そうだな、重次郎氏の話は宮前姓のヒントにはなった」

「でも皮肉ですね。宮前の名は、西岡万沙子の関係じゃなくて、塩谷涼子を調べていたらひっかかってきた男の名でした」

貞松は、いったん網棚にあげたショルダーバッグを下ろすと紙包みを引き出した。

「道原さん、食べませんか？」

伊達屋から押しつけられた和菓子である。

「さっき食べたじゃないか」

「一個だけです。諏訪ではこれだけの菓子は口に入りませんよ」

「出されたからといって、簡単に食い物を摘まんだりもらってきたりするなよな」

「ぼくは遠慮しましたよ。向こうがバッグに押し込んだんです」

車内販売が弁当を売りにきた。貞松は、菓子折りを膝《ひざ》の上にのせたまま弁当を二つ買った。

「いつもそうだが、君の食欲には舌を巻くよ」

「昼飯の時間なんですよ」

「殺人の捜査をしているとはとても思えない」

「食事はちゃんとしておかないと、からだに毒です」

貞松は弁当を平げたあと、菓子の包みをほどいた。

「おれはいい。君は好きなだけ食べろ」

「道原さんは、甘い物はダメなんですね」

貞松は二つ食べると、音をさせて茶を飲んだ。

大宮で降りて、万場町役場に電話すると、「宮前尚夫」の名で三十一歳の男がいるといった。河内屋の宿帳に記入されていた男の年齢と合っている。

「現住所はどこになっていますか?」

「この万場町に住んでいます」

戸籍係はそう答えた。

電話を切って、

「どうする?」

道原は貞松にきいた。

「行ってみるべきですね。その男に会いましょう。ひょっとしたら、以前川越市に住んでいたかもしれません」

いつもの貞松は、たらふく食うと眠そうな眼をするが、きょうの顔は引き締まっていた。

二人は高崎線に乗り換えた。

万場町への道中には、「三波石《さんぱ》」という庭石を売るところがいくつもあった。石器時代の住居跡があると書かれた道標も見えた。バスは長細い湖を左手に見て川に沿って走った。木曾に似て、右も左も深い緑の山である。

万場町には桑畑が多かった。養蚕《ようさん》農家が何軒もあるのだという。

宮前という姓はたしかに多かった。役場にも同じ姓の人が何人かいるということだった。

宮前尚夫は、五、六年前にオープンしたゴルフ場に勤めていることが分かった。彼の住まいから車で十分ほどのところにそのゴルフ場はあった。

ゴルフ場の支配人に、宮前尚夫の出勤簿を見せてもらった。彼が木曾福島町の河内屋に泊まっていれば、五月二十六日と二十七日は休んでいるはずである。

「今月は、月初めに二日休んだだけです」

赤いネクタイを締めた支配人は、タイムカードを道原の前に置いた。

「このカードを別の人が押したということはないでしょうね？」

「それはありません。コースの一部改修工事が中旬から始まって、グリーンキーパーは休みが取れないんです」

道原は、念のためだといって宮前尚夫の写真を借りた。ゴルフ場には彼の写真は何枚もあったが、たいてい帽子をかぶっていた。支配人は無帽のを選んだ。満開のツツジの株を背景に立っているものだった。

「宮前さんは、登山をしますか？」

「さあ、きいたことはありません。少なくともここへ勤めてからは登っていないと思います」

宮前尚夫の家は農家で、野菜やコンニャクを作っているという。ゴルフ場に勤めるまでは藤岡《ふじおか》市内の建設会社で働いていたと、支配人は答えた。その話し振りから、宮前に好感を持っているようすがうかがわれた。

道原は、宮前尚夫に会うことにした。

コースの改修現場ではブルドーザーが土砂を押していた。宮前は、そこに図面を持って立っていた。話をききたいというと、一瞬、怪訝《けげん》な眼をしたが、近くの丘の上へ案内した。

眼下に浅緑のコースが延び、赤や黄色のウェアを着たゴルファーが、ボールを追っていた。

宮前尚夫をはさんで道原と貞松は、芝の上に腰を下ろした。

「塩谷涼子という女性を知りませんか?」

道原は、陽焼けした宮前の顔にきいた。

「知りません」

「東京の下沢病院の薬局に勤めていた人です」

「さあ。なぜぼくがその人を知っているんじゃないかと?」

「五月二十六日と二十七日に、あなたはどこにいましたか？」

宮前は、眼を泳がせたが、ここへ出勤していたと答えた。

この素朴な表情をした男は、河内屋へ泊まった男とは別人のようだ。河内屋の客室係のユキ子は、泊まった男の身長を貞松と同じぐらいだといった。貞松は一七六センチだ。だが今横にいる宮前の背丈は一六五、六センチぐらいのものである。

道原は手帳を開いた。宮前はタバコに火をつけて、ちらっと道原の手もとに視線を投げた。手帳には、河内屋に泊まった男の特徴が書いてある。〈髪は長めで、メガネを掛けていた〉と。横にいる男とは似ても似つかない。

道原は、宮前を訪ねたいきさつを簡略に話した。

「ぼくは、木曾になんか行ったことありません」

「それは分かりましたが、木曾の旅館に泊まった男はあなたの名前を使ったのかもしれない。年齢はぴたり合っているんだからね。そういう人に心当たりはありませんか？」

道原は、河内屋に泊まった客の風采《ふうさい》をいった。

「その男は登山の支度をしていたんですね？」

「御岳に登ったらしいんです」

「小、中学校と同級生だった男に、山登りが好きなのが一人いますが」

「なんという人ですか？」

道原がきくと、貞松が手帳を構えた。

「菊末《きくすえ》惇也《じゅんや》といいます」

宮前は名前の文字を教えた。

「その菊末さんの体格はどのぐらい？」

「ちょうど、こちらの刑事さんぐらいです」

貞松が、丸くしていた背筋を伸ばした。

「菊末さんとあなたは親しかったの？」

「家が近くですから、子供の頃は仲がよかったし、今でも年に二、三回は帰ってきます。こっちに両親や兄貴がいますから」

「住所は？」

「詳しくは知りませんが、東京の大田区だったと思います。年賀状をくれました」

「会社勤めですか？」

「前は勤めていましたが、去年の正月帰ってきた時に会ったら、輸入物のハンドバッグを扱っているっていっていました。ぼくの妹に、バッグが欲しければ安く手に入るって話していました」

ブランド名は忘れたが、彼の妹は喜んだという。

菊末がやっているという会社の商号や所在地を宮前は知らなかった。

「菊末さんの写真はないですか？」

「だいぶ前のなら家にあります。菊末がたしか大学の頃のだと思いますが」

作業服を着た若い男が、宮前になにかききにきた。宮前は図面を渡した。

「菊末の写真と住所が分かる物を家から取ってきましょうか？」

「私たちがお宅へ一緒に行きます」

三人は腰をあげた。ズボンに芝の細葉が付いていた。


宮前は、自分の車に道原と貞松を乗せた。底が透けて見える川を渡った。どの家にも蚕室《さんしつ》があった。車を降りると、蚕《かいこ》の匂いが鼻にただよった。道原は子供の頃、この匂いをかいで育ったものである。その頃は、どこの家も蚕を飼っていた。

「あの坂の途中にあるのが菊末の家です」

緑の畑の中に黒い板壁の家があった。菊末家は以前はこの辺の屈指の養蚕農家だったという。

菊末惇也の住所は、年賀状で分かった。

「この人は、埼玉県の川越市に住んでいたことはないですか？」

宮前は覚えていないという。

彼の出してきた菊末の写真は十年ほど前のものだった。宮前と並んで写っていた。

二人の背丈はだいぶ違っている。

菊末惇也は、万場町の小、中学校を卒《お》えて、藤岡市の高校へ進み、東京の教都大学を出たという。

「中学ではトップクラスの成績でした」

その男がなにをやったのかと、宮前は眼できいた。道原は、木曾福島町の旅館に泊まった人をさがしているだけだといって、言葉を濁した。

道原は、菊末惇也が以前勤めていたという会社を知りたかったが、宮前は思い出さなかった。

道原は宮前に、菊末のことを調べにきたことを口外するなといった。菊末惇也は、事件とは関係のない人間かもしれないのだ。

道原と貞松は、ゴルフ場のクラブバスでゴルファーとともに送られた。

「道原さん。また塩谷涼子の関係者を調べることになりましたね」

「西岡万沙子の実家へ行ったのに、いつの間にかな」

「塩谷涼子の霊がぼくらを手招きしているのかもしれませんね」

「気味の悪いいい方だな。おれたちが奈落《ならく》の底に引きずり込まれるようじゃないか」

「あっ、そうだ……」

「でかい声を出すな」

周りにいるゴルファーは赤い顔をして眠っていた。

「御岳の霊ですよ。あの山へ登る途中で、修験者がどれほど死んだか知れません」

「その霊が、塩谷涼子や弟の勝史に乗り移っているというのか？」

「ぼくたちに、御岳に登れっていっているのかもしれません」

バスが大きく揺れた。右下は断崖《だんがい》だった。

「おれたちが、なぜ霊にとり憑《つ》かれたり、招《よ》ばれなきゃならないんだ？」

「木曾署に任せておくと、事故死か自殺で処理されちゃうから、ぼくたちが眼を逸《そ》らさないように、霊がいつも……」

バスの揺れで、貞松は窓ガラスに頭を打ちつけた。それきり訳のわからないことをいわなくなった。

第五章　山好きの友人

1

出張して四晩目だったが、ゆうべは泥のように深く眠った。捜査本部の小柳課長の苦々しい顔も夢に現われなかった。

珍しいことに、貞松《さだまつ》のほうが先に起きて窓から風を入れた。

「きょうは、いいことがありますように」

貞松は外に向かっていった。刑事のいういいこととは、犯人につながる有力な情報である。

「バカに早起きじゃないか。どうかしたのか?」

「腹がへって眼《め》が醒《さ》めました」

「仙台でもらってきた、饅頭《まんじゅう》を食え」

「そうか。すっかり忘れていました。ほんとうは諏訪《すわ》へ持って帰って、今井に食わせてやりたかったけど、事件の片が付く前に腐っちゃいますね」

今井は、貞松よりも若い同僚刑事である。

きょうは、万場町の宮前尚夫《みやまえひさお》からきいた菊末惇也《きくすえじゅんや》を内偵するつもりだ。この男が河内屋《かわちや》に泊まった客だったら、捜査本部へいったんもどれるかもしれない。捜査上の手みやげがないことには、道原と貞松は果てしなく旅をつづけなくてはならない。

菊末惇也の住まいは、多摩《たま》川に近い静かな住宅街にあった。四階建の賃貸マンションである。

家主は道路一本をへだてたところに住んでいた。出てきた五十歳ぐらいの主婦に、菊末惇也はどんな生活かをきいた。

「めったに顔を合わせませんが、きちんとした人ですよ」

菊末惇也は一人住まいだという。人の出入りを尋ねたが、いつも見ているわけではないから分からないと主婦はいった。

「ハンドバッグを扱う会社をやっているということですが、その所在地をご存知《ぞんじ》ですか？」

「見本に輸入したといって娘にハンドバッグをいただいたことはありますが、会社の場所はききそびれました」

「高級な物ですか？」

「わたくしは知りませんでしたが、娘は気に入って使っています」

そのバッグを見せてもらいましょう、と貞松が低声《こごえ》でいった。

主婦は二階へ上った。娘の部屋を見てくるらしい。

主婦が提げてきたショルダーバッグは薄茶色をした小型の物だった。片側にballeriと刻印があり、イタリア製とあった。

「バレリーっていうんでしょうね」

貞松がいって手帳に控えた。

「菊末さんは登山をするそうですが?」

「そのようですね。大きなリュックサックを背負って帰ってきたところに会ったことがあります」

「それは最近ですか?」

「もう一年ぐらい前だったと思います」

道原は、万場町の宮前尚夫から借りてきた写真を見せた。主婦は、間違いなくこの人だと答えた。

こういう時に刑事は、部屋の中を見たくなる。菊末惇也が、宮前尚夫の名をかたって木曽福島《きそふくしま》町の河内屋に泊まった証明が、部屋のどこかにしまわれているかもしれないのだ。しかし、彼が塩谷涼子の事件関係者かどうかは不明である。彼女の部屋から菊末惇也の名が見つかっていれば、彼に会って、彼女との関係を追及することができるが、これも今のところ不明である。

道原は、主婦に教えられた三階の菊末惇也の部屋を道路から恨めしい思いで見あげた。

「菊末の会社をどうやって見つける？」

家主宅を出て道原は貞松にきいた。自分では調べる方法を思い付いていたが、きいてみたのだ。

「デパートへ行ってみましょう。このハンドバッグを持っていけば分かりますよ」

道原もそれをやろうとしていたのだ。

「有名デパートのほうが分かり易《やす》いな」

「銀座か日本橋ですね」

道原は、以前の事件捜査で寄ったことのある銀座通りの角に建つデパート「藤光《とうこう》」を思い出した。そこの仕入課長に会えば、その店で扱っていなくても早速便宜を図ってくれそうだった。

電話を掛けると、仕入課長は道原を記憶していて、丁寧な挨拶《あいさつ》をした。ハンドバッグの件は調べておくからあとで立ち寄ってくれと愛想がよかった。

「道原さんは顔が広いですね」

貞松がいう。

「いつ役立つか分からないが、おれは今まで会った人の名簿を作っているんだ。君もそうしておくといい」

道原は、緑色の表紙のノートを振って見せた。

藤光の仕入課長は、道原と貞松を応接室に通すと、細身の女子社員にコーヒーを出すように命じた。

「バレリーはうちの店では扱っておりませんが、売り込みにきたことがありました」

比較的新しいメーカーの製品だが、若い人には好まれそうだから、藤光では取扱いを検討中だといって、仕入課長は道原の前に一枚の名刺を置いた。それには菊末惇也と刷ってあった。

社名は「星山商事」で、その所在地は新橋だった。

「ここから近そうです」

仕入課長は道原のために、地図を描いて用意していた。

「星山商事はどのぐらいの規模ですか?」

「この菊末さんに私は会っていませんが、会った者の話では五、六人でやっているということです。会社も新しくて三年ぐらいしかたっていないそうです」

社員が四、五人いれば情報が取れる可能性がある。たった一人で会社を経営している人がいるが、これだとその人の身辺データを集めるのに苦労する。

さっきの細身の女子社員がコーヒーをはこんできた。短い髪をして清潔な印象があった。貞松は手帳を持ったまま、彼女の姿をじっと見つめている。いや呆然《ぼうぜん》としているる感じなのだ。道原は仕入課長と話しながら、貞松の靴を踏んだ。

「見苦しい顔をするな」

デパートを出ると道原は貞松を叱《しか》った。

「顔は生まれつきこうですよ」

「それだから訪問先では気を付けろというんだ」

「情報が一つ拾えて、うまいコーヒーをご馳走《ちそう》になったのに、道原さんは機嫌が悪いんですね」

「機嫌が悪いのは、君が女の子をぼけっと見ているからだ。おれたちは刑事だぞ。殺人事件の捜査をしているんだぞ」

「それは分かっています。だけどあんなきれいな女の子を見れば頭がぼうっとしちゃいますよ。道原さんぐらいの歳《とし》になると、もう誰《だれ》を見てもなんにも感じなくなるんですね」

そういいながら貞松は足をとめた。有名靴店のショーウインドーをのぞいている若い女性の横顔に視線を当てているのだった。

「まるで物見遊山《ものみゆさん》だ」

道原は舌を鳴らした。

「やっぱり銀座は違いますね」

美しい女性がいるという意味らしい。貞松の眼にはすれ違う女性のすべてが、ファッションブックから抜け出してきたモデルのように映っているのではないか。

星山商事は、高速道路際のビルにあった。

「女の子がいても、熱に浮かされたような顔をするなよ」

「いきなりこの会社を訪問するんですか？」

「菊末惇也に会うんだ。この周辺じゃ彼に関する情報は取れそうもない。やつの顔付きをじっと見ていろ」

貞松はうなずくと、ネクタイの結び目に手をやった。

ドアを入ったところに曇りガラスをはめた衝立《ついたて》があった。三十代半ばに見える女性が出てきて、菊末に取り次いだ。ガラスのはまった棚にハンドバッグが十点ほど並んでいた。

菊末惇也は、グレーの地に青い縞《しま》の通った背広を着ていた。身長は、貞松よりやや低く見えた。顔は小さめだが、肩幅は広く胸も厚そうだった。

彼は小振りの応接セットのある室に案内して名刺を出した。

「長野県警の刑事さんが、私になにか？」

「菊末さんは、群馬県万場町の出身ですね？」

道原がいうと、菊末は眉《まゆ》をぴくりと動かした。

「そうですが……」

「万場町には、宮前という苗字《みょうじ》の家が多いですね？」

「はあ」

菊末はなにをきかれるのかと、内心怯《おび》えているような表情になった。

河内屋のユキ子の記憶によると、「宮前尚夫」と宿帳に記入して女性と一緒に泊まった男の髪は長めで、メガネを掛けていたということだった。が、眼の前にいる菊末惇也の髪は長いとはいえなかった。メガネも掛けていない。

「菊末さんは木曾へ行ったことがありますか？」

「だいぶ前ですが一度行っています」

「ごく最近じゃないんですか？」

「六、七年前です」

菊末はすわり直すように、上体を左右に動かした。緊張しているようすが頰《ほお》に表われていた。

「あなたは旅館に泊まる際、宮前尚夫という名前を使うことがありますね？」

「宮前尚夫……。いいえ、そんな。人の名前を使ったりはしません」

「あなたの郷里の友だちに宮前尚夫という人がいる。本名を使いたくない時、その名前を宿帳に書いたことがあるんじゃないですか?」

「尚夫はたしかに中学までの同級生でした。でも彼の名を使ったことはありません」

「なんという名前で泊まったことがありますか?」

「偽名を使ったことなんかありません」

さっきの女子社員が茶を淹《い》れてきた。

「おかしいな。今月の二十六日、木曾福島町の旅館に、あなたによく似た人が宮前尚夫という名前で泊まっています。住所は埼玉県川越市と書いているが、そこには居住該当がなかった」

「私は、木曾福島には行ったことも泊まったこともありません。その旅館の人に私を見てもらってください。人違いだということが分かります」

菊末惇也は、強《きつ》い眼になっていった。

「それでは、五月二十六日と二十七日にはどこにおいででしたか?」

菊末は自分の机にもどった。ダイアリーを見たようだ。

「会社に出ています」

「社員以外に、それを証明する人はいますか?」

「二十六日は、日本橋の高富屋と、銀座の大東京ホテル内にあるブティックへ行っています」

菊末は、その日に会った人の名をいった。二十七日は会社で複数の来客に会ったといってその名を澱《よど》みなく教えた。

「刑事さんは、私が今答えた方にお会いになるんですか?」

「確認しなきゃなりませんが、困りますか?」

「そりゃ困ります。私はこの会社を始めて三年しかたっていません。商品の売り込みに毎日飛び回っています。そういう先や得意先に刑事さんが私のことを問い合わせに行かれたら、先方がどういう気持ちになるか、お分かりになると思いますが」

道原は、菊末の眼の奥をさぐりながらうなずいた。

「どういうことで、私が疑われているんでしょうか?」

「さっきいったように、あなたに似た人が木曾福島町の旅館に泊まった。その日にある女性が変死している。その旅館に泊まった男性を私たちはさがしているんです」

「私は泊まっていません。その旅館に出向いて顔を見てもらっても結構です。ですから得意先で確認することだけはやめていただけませんか。私がなにかやったんなら仕方ありませんが、人違いなのに会社や私の信用に影響が出るようなことをされるのは困ります」

菊末は口元を少し震わせて喋《しゃべ》った。

「分かりました。あなたがその旅館に泊まっていないことを信用します。……菊末さん、最近の写真を一、二枚貸してくれませんか？」

「それでしたら」

菊末は、また机にもどって引き出しを開けた。

「これは、パスポートの申請に使ったもの。こちらは一か月ほど前にこのビルの屋上で社員が撮ったものです」

両方ともカラーだった。道原はそれを手にして本人と見比べた。菊末は視線を逃がした。

「あなたは、塩谷涼子さんという女性を知りませんか？」

「さあ。どういう方でしょうか？」

「病院の薬局に勤めていた人です。今月の二十七日に、木曾川で遺体で発見されました」

「その女性と木曾の旅館に泊まった男が関係があるんですね？」

道原は、無言で首を縦に動かした。

「その名前はきいたこともありません」

菊末はいって、茶碗《ちゃわん》を取りあげた。

道原は、菊末の写真をポケットにしまって立ちあがった。

「あなたは登山をしますね？」

菊末の眉がまた跳ねるように動いた。

「やります」

「今もですか？」

「以前ほどは登りませんが、年に二回ぐらいは」

道原は詫《わ》びをいって、菊末に背を向けた。ワイシャツの腕をまくった若い男が書類にペンを走らせていた。壁際ではさっきの女子社員がワープロに向かっていた。机の数から推して、社員は四、五人のようである。

2

「今の男、どう思う？」

ビルを出ると貞松にきいた。

「えらく緊張していたようですが」

刑事の前ではたいていの人は緊張する。おどおどしてなめらかに話せない人もいる。

「おれはあの男の眼が気になった。何回か強い眼付きをした。力を入れるようにな」

「人と話す時の癖でしょうか？」

あらぬ疑いをかけられ、それに動転したからだろうか。

「あの会社にいた女子社員の顔を覚えたか？」

「女性にしては眉毛が濃くて、唇が少し厚かったですね」

「それだけ覚えていれば充分だ。いつも感心するが、君は一眼で会った人の顔を正確に記憶する。一種の才能だな」

「きょうはバカにほめますね。……あとであの女性に会うんですね。この辺で張り込んで？」

「菊末の身辺がある程度分かりそうな気がする。あの会社の創立当時から勤めていれば三年ばかり菊末を見ていることになる」

「社長と社員という関係ならいいですが、特別の関係だと正確なデータが取れませんよ」

「それも考えておかないとな。会社ではそうは見えなかったが」

「彼女が菊末と特別な関係だと分かったら、男の社員からきけますよ。だけど木曽の旅館の人に会って、別人だということを証明してもらいたいとまでいうんですから、ぼくは無関係な気がしますけどね。河内屋に泊まった男は、宮前尚夫という偽名を使った可能性がありますが、それは思い付きで、実在の人物の名前を失敬したんじゃないかもしれません。あるいは本名で、住所だけを隠したということだって考えられます」

「それはおれも考えている。西岡万沙子の父親と話をしているうちに、宮前という姓は群馬県の万場町に多いということから、当たってみるヒントになっただけだ。だがな、おれが注目したのは、実在の宮前尚夫の友人だった菊末惇也が、山登りをするという点なんだ。そこが偶然とはいえない気がしてな……」

「河内屋に泊まった男とは、なんだか人相も違っているみたいですよ」

否定材料はたしかに多い。だが道原は、今会ってきた菊末惇也の眼付きが頭の中に濃く灼《や》きついた。

「別人という結果が出るまで調べてみようじゃないか」

貞松は、全面的には賛成できないという顔をしてうなずいた。

星山商事の女子社員をつかまえるとしたら退社時だ。それまでは五時間ぐらいある。

「塩谷涼子が勤めていた下沢病院へ行こう」

貞松が都内地図を開いた。そこは世田谷《せたがや》区で、涼子が住んでいた町田市への小田急線の沿線だった。

「たまには捜査本部へ連絡を入れないとまずいんじゃないですか？」

新宿への電車の中で貞松がいう。彼はいつも気に掛かっているようなのだ。

「犯人が挙がっているかもしれないな」

「そんなことになっていたら、ぼくたちはなんのために東京へ出張したのか分かりません。諏訪へ帰ってもこれからは肩身のせまい思いをしなくちゃなりませんね」

「肩身のせまい思いだけならいいが、課長の許可も受けずに、木曾や仙台まで行っていた。辞表を書けっていわれるだろうな」

「脅かさないでくださいよ。警察をクビになったら、世間からなにをやったかって白い眼で見られ、働くところもないかもしれません」

「そうなったら、君はどうする？」

「道原さんに責任を取ってもらいます」

貞松は、吊《つ》り革にぶら下がって正面をにらんでいる。

「八ヶ岳の山小屋の管理人ぐらいしかおれには務まらないだろうな。そうしたら君は山小屋の布団干しだ」

「前にも道原さんはそんなことをいいましたね。時々人情深そうなことをいうわりには、根は無責任なんじゃないですか」

貞松は、いいにくいことをはっきりいう男だ。

塩谷涼子が、四月末まで勤めていた下沢病院は、駅前商店街のはずれにあった。白かったはずの建物は灰色に見え、ヒビが入っている部分があった。

人事課長に会うと、当然のことだが、塩谷涼子の奇禍《きか》を知っていた。

「木曾で死んだとは因縁だと思いました」

人事課長は、彼女の弟が昨秋御岳で遭難したのを知っていた。

「塩谷さんは、どういう理由でここを退職したんですか?」

「私たちには、勉強したいことがあるとか曖昧《あいまい》な理由しかいいませんでしたが、近くにいた同僚の話では、弟さんの遭難を気にかけていたようです。その原因を調べてみたいなんていったこともあるそうです」

「弟さんの遭難には、不審な点でもあるんですか?」

道原は知らぬ振りをしてきいた。

「そうらしいですね。遭難するような場所ではないと彼女はいっていたということですから。彼女は弟さんが亡くなってから現場へ行っていますが、詳しく調べれば原因が分かると思ったんでしょうか」

塩谷勝史《かつふみ》は、去年九月下旬に死亡した。姉の涼子は彼の死因をあれこれ考えていたが、そのうちに山は雪に閉ざされた。冬のあいだ彼女は、御岳の雪解けを待っていたようである。だから四月末で退職し、弟勝史の遭難原因をさぐるための準備をしていたらしいということである。

道原は人事課長に、涼子と親しくしていた同僚を呼んでもらうことにした。

やってきたのは、川部《かわべ》あゆみといって、涼子より一年先輩に当たる薬局員だった。

肌理《きめ》の細かい白い肌の彼女には、白衣がよく似合っていた。

道原は横に腰掛けている貞松に眼を振った。また熱に浮かされたような顔をしていないかを心配したが、彼は川部あゆみをちらっと見ただけで、手帳を構えている。どうやら貞松はその時の気分で、女性がきれいに映ったりそうでなかったりする。

「塩谷涼子さんは、弟さんの遭難についてあなたにはどんなことを話していましたか?」

「両親に詳しく話すと、心配するし、反対もするに決まっているといっていました」

勝史の遭難原因をさぐることについてであるという。

「弟さんは勝史さんというんだが、彼は御岳の山小屋から涼子さんに電話をしている。この時、意外な人物に会ったといっているらしい」

「わたくしもその話をきいています。弟さんが意外な人といったのは誰だか分からないけど、電話をした翌朝遭難したのだから、山で会った人は連絡してくるはずなのに、それがないのはおかしい、と涼子さんはいっていました」

塩谷涼子は、西岡万沙子《まさこ》の大学時代の同級生である吉沢夏子にも同じことを話していた。

「涼子さんには、勝史さんが会ったという人の見当はまったくついていないようでしたか?」

「彼女は弟さんが亡くなった時、木曾の警察へ出掛け、そのあと一人で御岳へ登っています。山小屋で宿泊者の名前を調べるのだといっていました」

「調べることができたのかな？」

「宿泊カードを見せてくれない山小屋もあったといっていました。彼女はそのあとも木曾へ行っています」

「いつですか？」

「去年のことだったと思います。木曾福島町の旅館を片っ端から訪ねてみるといっていました」

川部あゆみは涼子からその結果をきいていないと答えた。

「木曾福島町の旅館を歩いたということは、勝史さんが電話でいった、意外な人の見当がついたとみてよさそうですね」

道原はいったが、川部あゆみは白い顔を曲げただけだった。

塩谷涼子は、勝史のいった意外な人が、御岳へ登る前か下山した後、登山基地である木曾福島町の旅館に泊まっていると踏んだのだろう。彼女が全部の旅館や民宿に当たったかどうかは分からないが、宿泊施設が果たして民間人の彼女の頼みに応じたかどうかは怪しい。宿帳は宿泊客のプライバシーだ。中には宿泊したことを知られたくない人もいる。それを宿泊施設は承知しているから、ただ見せてもらえないかといっても応じないのが普通である。

道原と貞松はこの前、塩谷涼子の写真を携え、彼女の宿泊を尋ねて何軒かの旅館を歩いた。その結果、河内屋に彼女によく似た女性が「宮前尚夫」と名乗る男と一緒に泊まったという証言を得たのだ。その際、河内屋以外の旅館では写真を見て宿泊客としては見覚えがないと答えた。それらの旅館に彼女は、宿帳を見せてくれといって訪ねているかもしれない。そういうことをいってくる訪問者は少ないはずだ。

「もう一度、木曾福島へ行ってみよう」

道原は貞松に耳打ちするようにいった。川部あゆみは、二人の顔に眼差《まなざ》しを当てた。

「川部さんは、涼子さんの変死をどうみていますか?」

「それを知った時は驚くばかりでしたが、退職理由や木曾へ彼女が行っていた目的を考えてみますと、事故や自殺ではないように思えてしかたありません。わたくしも木曾路を旅行したことがありますが、川に落ちて亡くなるような場所はなかったように覚えています」

道原は顎《あご》を引いてから、西岡万沙子という名前を塩谷涼子の口からきいたことはないかを尋ねた。

「さあ……」

西岡万沙子は自分の友だちに塩谷涼子のことを話したり会わせたりしていたが、塩谷涼子のほうはそういうことをしていなかったようだ。

「涼子さんはきれいな人でしたね」

「はい。わたくしは羨《うらや》ましく思っていました」

川部あゆみは真剣な眼をしていった。彼女も人並み以上の美人である。

「病院の中に、涼子さんと交際していた男性はいなかったですか？」

「そんな噂《うわさ》はありません」

「親しくしている人や、結婚の話を人からきいたことは？」

「一年ぐらい前でしたか、一緒にお食事をした時、結婚を考えている人はいると話していたことがありました。そのあとどうなったのか、そういう話は一切しなくなりました」

貞松もペンを動かしていたが、道原も今の川部あゆみの話を書き取っていた。

彼女の話は参考になった。木曾福島町の旅館をもう一度歩けば、塩谷涼子がなんという名前の宿泊者を尋ねたか分かりそうだ。それが勝史が山で会った、「意外な人」だったに違いない。

東京へ出てきてからカラリと晴れた日がない。きょうも曇天である。時々、閉ざされていた光が逃げ出すように差すが、その下を墨色をした雲が流れて邪魔をした。

飛行機とは異なった音をきいて道原は頭上を仰いだ。飛行船だった。カラーフィルムの名が腹にオレンジ色で書かれていた。

袖口《そでぐち》をめくると、新橋へ急がねばならない時間になっていた。

3

星山商事の女子社員は六時少し過ぎにビルを出てきた。赤いバッグを持ち赤い靴を履いていた。昼間、事務所内で見た時よりも化粧が濃かった。

新橋駅方面に向かって信号を渡り切ったところで貞松が彼女を呼びとめた。振り返った彼女は、目玉がこぼれ落ちそうな顔になった。

「あなたにききたい話があります」

道原の顔を見ると、彼女は眼を和《なご》ませて頭を下げた。

「刑事さんに会っているところを社長に見られたくありませんから」

彼女はそういって先に立って歩き、新橋駅地下街の喫茶店へ案内した。会社での菊末惇也との会話を、彼女は断片的だろうが耳に入れていたようである。

彼女は、仁科美和《にしなみわ》という名だった。

「社長はなにを疑われているんですか？」

彼女は、道原と貞松を交互に見てきいた。

「今月の二十六日頃《ごろ》、菊末さんに似た人を木曾の旅館で見たという人がいるんです。

もっともその人は菊末さんという名前で泊まってはいなかったが」

　道原は思い付きをいった。

「二十六日といったら、社長が山から帰ってきたあとですわ」

「山……」

　道原と貞松の眼が合った。

「仕事が一段落したものですから、しばらく振りに山を歩いてくるといって出掛けました」

　菊末惇也はさっきそんなことをいっていなかった。

「どこの山へですか？」

「さあ。わたくしは山登りの趣味なんかないものですから、きいたことありません。たぶん北アルプスではないかと思いますが。前もそうでしたから」

　仁科美和は、赤いバッグからタバコを出して、透明のライターで火をつけた。

「何日から出掛けたのか、正確に思い出してください」

　道原はつい、顔を彼女のほうに近付けた。

「二十日です。土、日を利用して出掛けましたから覚えています」

「帰ってきた日は？」

「二十二日のはずです。二十三日からいつもの時間に会社へ出てきていますから」

道原は手帳を開いた。二十二日といえば、カメラマンの滝口誠次が、赤岳の天狗尾《てんぐ》根から人が谷に投げ込まれるところを目撃した日だ。投げ込まれた被害者が西岡万沙子だった。彼女はその日の朝絞殺され、午前十一時頃岩場から谷に遺棄されている。

道原はハイライトをくわえた。貞松がライターの火を近づけた。三人の顔のあいだで煙が渦を作った。

「仁科さんは、西岡万沙子という女性を知りませんか。あるいは名前をきいたことがあるとか?」

「知りません」

「神田の西部電機に勤めていた二十五歳の人です」

仁科美和は首を横に振った。

「社長とその方がなにかあったんですか?」

「それを調べているんです。西岡万沙子さんは、二十二日に八ヶ岳の赤岳というところで死亡しました。殺されたんです」

「えっ。じゃ、この前新聞に出ていた、あの事件の方だったんですか」

彼女はタバコを消した手をとめた。

「あなたは、菊末さんの住まいへ行ったことがありますか?」

「ありません。わたしは結婚していますから」

道原はそんなつもりできいたわけではなかったが、彼女の返事で菊末との関係をきく手間がはぶけた。

「それじゃ、菊末さんがどんな色のテントを持っているか知らないでしょうね？」

「はい。どんな支度をして登るのかも知りません」

西岡万沙子が死んだ二十二日に、真教寺尾根を赤岳に向かって登っていたパーティーが、天狗尾根に黄色のテントが張られているのを見ているのだ。滝口誠次が事件を目撃した方向とは反対側であるが、テントの位置は事件発生現場と思われる地点である。これは有力な情報だった。西岡万沙子は、その黄色いテントの中で絞殺された可能性があるのだ。

犯人は勿論《もちろん》テントを撤収して下山してしまったに違いない。

菊末惇也が二十三日に会社へ出てきて、それ以降休んでいないとなると、塩谷涼子の水死とは無関係なのか。木曾福島町の河内屋に女性と泊まった「宮前尚夫」は、二十六日の夕方チェックインした。そして翌朝九時頃、女性と一緒にタクシーを呼んで帰った。

「菊末さんの知り合いに塩谷涼子という人はいませんか？」

道原は仁科美和の眼をにらんだ。

「きいたことありません」

彼女の答えは信用してよさそうだった。

「さっき菊末さんにきいたら、二十六日は日本橋の高富屋と、銀座の大東京ホテル内にあるブティックへ行っていると答えました。その日は何時頃まで会社にいたか、それとも出先からもどらなかったか、それをあなたは覚えていませんか？」

「会社に置いてある日誌を見れば分かります」

「それは菊末さんにいわれて記《つ》けているんですか？」

「いいえ。あとで社長やほかの人にきかれた時の用意に、わたしが自発的に記けているものです」

「それをぜひ見せてもらいたい。それから二十七日は何時頃会社に出てきたか。誰と何時頃会っているかも知りたいんです」

彼女の日誌によって菊末のアリバイが証明されれば、塩谷涼子の事件には関係がないということになる。

「お急ぎですか？」

「それは早いほどいいんだが、あすの夕方、またここで会ってもらえれば結構です」

「あしたは夫と音楽を聴きに行く約束がしてあります。もう三十分ほどお待ちください。そうすれば会社には誰もいなくなりますから、日誌を取ってきます」

彼女はキーを持っているのだ。

「それはありがたい。じつはあしたの約束をしても、私たちは捜査の展開によっては東京にいられないかもしれません」

仁科美和は腕時計に眼を落とした。会社にもどる時間の見当をつけたらしかった。

「菊末さんは三十一歳で独身だが、交際している女性はいるんでしょうね？」

「社長の女性関係ですね？」

仁科美和は表情を変えずにいって、コーヒーカップを取りあげた。

「いないほうが不自然だとみていますが、わたしたち社員にはそういう話は一切しませんし、会社に親しくしているような女性が訪ねてきたことはありません。今は会社を軌道に乗せるのが精一杯といった感じです。社長はなぜ結婚しないのかって、きいたことがあります。そうしたら、意志はあるけどその気になる相手が現われないからだ、なんていっていました」

彼女は片方の手を頰に当てた。細くて長い指に金細工の指輪が光った。

「二十日から山に出掛けた菊末さんは二十二日に帰ってきたようですが、どこに登ったのか正確に知る方法はないですか？」

「わたしがきかなかったから社長は答えなかったんでしょうが、社員の誰かには話しているかもしれません。刑事さんからほかの社員におききになったらいかがでしょうか」

仁科美和は、最も古い社員の名を教えた。

「日誌を取ってきます」

彼女は立ちあがった。薄緑のスカートに横皺《じわ》が寄っていた。

「ぼやっとしているな」

彼女が喫茶店のドアを押したのを見て貞松にいった。貞松はバネ仕掛けの人形のように上体を伸ばした。

「彼女を尾《つ》けるんだ。菊末と会うかもしれない」

仁科美和が菊末と会ったとしたら、彼女への質問のしかたを切り換えなくてはならない。持ってくる日誌は今日を想定して作ってあるかもしれない。

「道原さんは？」

「おれはここで待っている。気付かれるなよ」

貞松は駆け出した。灰皿では彼のタバコがいぶっていた。

道原は、レジの横にあるピンク電話で星山商事に掛けてみた。菊末がまだ居残っているかもしれないのだ。

だが、受話器をあげる者は誰もいなかった。

十五分ほどして貞松がもどってきた。彼はなに食わぬ顔をして道原の横にすわった。

二分もたたないうちに仁科美和がもどった。赤いバッグから茶色の表紙のダイアリーを出した。

「二十六日は、いつも通り九時五十分に出社しました」

菊末のことである。

「それからすぐに、高富屋と大東京ホテルへ行くといって出掛け、午後二時に帰ってきました。わたしは小切手に社長の印をもらって銀行へ行きました。社員の給料を引き出したのです。そのあと社長はずっと会社にいました」

彼女は六時に会社を退《ひ》けたから、そのあとのことは分からないといって日誌をめくった。

「二十七日の朝やはり十時前に出社しています。この日は来客が立て込んで、社長は一日中会社にいました」

彼女が日誌を見て答えたその日の来客は、昼間菊末が答えた名前と合っていた。これだと菊末は木曾の河内屋に泊まることは不可能だ。

「宮前尚夫」の名で泊まった客はやはり彼ではなかった。

「いろいろ協力してくれてありがとう。私たちと会ったことは菊末さんにいわないほうがいいですよ」

「刑事さんも、社長にお会いになっておっしゃらないでください。わたしが勤めにくくなりますから」

仁科美和は、赤いバッグを抱えると早足で喫茶店を出て行った。

「さっきは誰にも会いませんでしたよ」

貞松は尾行の結果をいった。

「彼女を信用していいな」

「菊末惇也も事件とは関係ないかもしれませんよ」

「塩谷涼子の変死事件とは関係なさそうだが、赤岳で殺された西岡万沙子の事件についてはシロとは決められない。彼女が殺された二十二日に彼は山にいたかもしれないじゃないか。万沙子は二十日に山へ出発したらしい。菊末も同じ日に出発していそうだ。もう少し彼の身辺を嗅《か》いでみる必要がある」

「彼が八ヶ岳へ登っていればですがね」

「あした男の社員を呼び出してきこう。ところで捜査本部へ連絡を入れるかな」

「そうしてください。まだクビにはなりたくないですよ」

外へ出て、カードが使える公衆電話をさがした。

「伝さん。連絡だけは毎日してくれよ」

小柳課長は烈火のごとく怒るのかと思っていたから、道原は拍子抜けした。彼は菊末惇也のことを話した。

「ほう、さすがは伝さんだな。広い東京から西岡万沙子と同じ日に山へ行っていた男をさがし出したとは」

小柳課長はバカに穏やかである。

「本部のほうではなにか分かったことはありませんか？」

「きのう、西岡万沙子が投げ込まれた小天狗の下のほうで紫色のザックを発見した」

「ついに見つかりましたか」

「中身には女性の着替えや化粧品が入っていたから、被害者の物に違いない。だけど、本人の名のある物も、住所録のような物も入っていないんだ」

「犯人が抜き取った可能性がありますね」

「被害者の知り合いの犯行に違いない。住所録の類を自宅にも置いていないし、携行もしていないという人はまずいないと思う」

「なにか変わった持物はありませんか？」

「それが女性の物と分かるだけで、地図すら入っていないんだ。武居は、ザックの中のボールペンを見て、ノートを持っていたはずだといっている」

「そのボールペンから指紋は採れませんか？」

「採ったよ。西岡万沙子と一致した」

木曾川で死んでいた塩谷涼子も同じで、本人を証明する紙片すら身に付けていなかった。住まいからも知人の名前などを記した物はまったく見当たらない。

西岡万沙子の事件と塩谷涼子の変死が関係があるのかどうかは分かっていないが、各人の身元を証明する物や、アドレスノートの類を持ったり、住まいに置いたりしていないという点が共通している。この点だけみると塩谷涼子にも他殺の疑いが持てるし、彼女のアドレスノートに記されている人間が犯人のように思われるのである。

「課長はぼくのことをなにかいっていましたか？」

貞松はまた同じことをきいた。

「西岡万沙子が山へ登っていた日にやはり山行をしていた男を見つけ出したのは、貞松君のねらいが当たったからだといったら、課長はほめていた」

「ほんとですか？」

「信用できないんなら、自分で課長にきいてみろ」

貞松は、右や左に首を傾《かし》げた。

駅前は原色のネオンに彩られ、道を歩く人の顔が赤く見えた。パチンコ屋からは演歌が流れ、焼鳥の匂《にお》いがただよっていた。

4

きのう仁科美和からきいた星山商事の社員は亀石《かめいし》といった。社長の菊末惇也と同年ぐらいの男だった。道原が電話で呼び出したのだ。

「菊末さんは、五月二十日から二十二日まで山へ登っていたということですが、どこの山へ行ったのかあなたはきいていますか?」

「ききました。北アルプスです。天気がよくて遠くの山がよく見えたといっていました」

「北アルプスといっても広い。なんという山に登ったんでしょうか?」

「穂高《ほだか》じゃないでしょうか。槍《やり》ヶ岳とか奥穂だとかと話していましたから」

亀石も山登りはやらないのだ。したがって人の山行については関心もなさそうだ。

「穂高にはよく登っているんですか?」

「毎年行きます。山の新緑の頃が好きだといっていました」

「泊まった山小屋の名前は分かりませんか?」

亀石は、そこまでは知らないといったが、

「カラサワという場所がありますか?」

ときいた。

「穂高に囲まれた日本最大のカールが涸沢《からさわ》です。そこへ泊まったといったんですね？」

「涸沢、涸沢とさかんにいっていましたから、その名前だけ覚えています」

涸沢には山小屋が二軒ある。五月二十一日か二十二日にどちらかの山小屋に泊まっていれば、菊末は西岡万沙子の事件とは関係がなくなる。彼女は、五月二十二日の朝絞殺され、同日の午前十一時頃谷に投げ込まれているのだ。前夜、北アルプスの涸沢にある山小屋に泊まった者が、翌朝八ヶ岳の赤岳へ移動することはとうてい不可能である。

道原は亀石に、西岡万沙子や塩谷涼子の名前を出して、心当たりはないかをきいたが、やはり知らないと答えた。

亀石を喫茶店から帰すと、道原は捜査本部に電話し、涸沢の山小屋に菊末惇也の宿泊を確認してくれと頼んだ。

その結果の回答は一時間後にあった。菊末惇也の名前では、涸沢ヒュッテにも涸沢小屋にも宿泊該当がないという。捜査本部では念のために、横尾山荘、北穂高小屋、穂高岳山荘などにも問い合わせしたが、結果はやはり同じだという。

それをきいた道原は、星山商事に菊末を訪ねた。さっき近くの喫茶店で会った亀石が電話を掛けていた。きのう新橋駅近くの喫茶店で会った仁科美和が、菊末に取り次いだ。彼女は眼を伏せていた。

きょうの菊末はクリーム色のワイシャツを着ていた。二日つづきの刑事の訪問に彼は顔を強張《こわば》らせた。

「あなたは五月二十二日までどこの山へ行っていましたか？」

道原は前置きを省いていきなりきいた。

菊末はきのうと同じで一瞬強い眼をした。

「北アルプスです」

「登った山をいってください」

「どうしてそんなことをおききになるんですか。私がどこの山へ登ろうが、どこへ旅行しようが勝手だと思いますが？」

「答えられませんか？」

「涸沢です。北穂に登りました」

「泊まった山小屋はどこですか？」

「露営です。もう雪に降られる心配はありませんから山小屋には泊まりません」

「露営するということは、かなり山をやっていますね。壁登りもするんですか？」

「涸沢から北穂へ登るのにロッククライミングは必要ありません。滝谷《たきたに》をやるんならべつですが」

菊末は、わずかに唇を歪《ゆが》めた。道原と貞松が山のことに通じていないとみたようだ。

「あなたが涸沢にテントを張っていたというのを証明する人はいますか?」

「私は単独行です。周りにはテントがたくさんありましたが、みんな知らない人です。雪の上の広いキャンプ場なんです。私は有名人でもありませんから、顔を合わせたってどこの誰だか覚えていてくれる人なんていません」

「ということは、五月二十日から、二十三日にここへ出社するまでのあなたのアリバイはないということですね」

「なにをおっしゃるんですか、刑事さん。涸沢にいたといっているじゃありませんか」

「それを証明してくれる人がいないんですから、果たして北アルプスへ行ったのか、八ヶ岳にいたのか分からないじゃないですか」

「山の中でキャンプするのに、周りの人にいちいち私のことを覚えておいてくださいなんていう人はいません。仕事を忘れて一人でのんびりしたいから私は山に出掛けるんです。それを疑われてはたまりません」

「あなたのテントはどんな色ですか?」

「涸沢へ登ってそれをたしかめるんですか?」

「場合によってはね。私は北アルプス南部を管轄する豊科《とよしな》署に何年もいました。あそこには何回登ったかしれない。涸沢だけじゃない。奥穂にも西穂にも登っています」

菊末は額を指でこすった。表情を隠したように取れぬこともなかった。

「グレーです」

「黄色じゃないんですね？」

「グレーです」

菊末は横を向いた。

「きのう訪ねた時に、なぜ山へ行ったといってくれなかったんですか？　それをあなたが隠したから疑うようになったんですよ」

「刑事さんはきのう、私が五月二十六日か二十七日に木曾へ行っていないかとか、宮前尚夫の名で旅館に泊まっていないかとおききになったじゃありませんか。二十日から二十三日の間にどこにいたかとお尋ねでしたら、涸沢へ行っていたと答えました。私はべつに隠したわけではありません」

菊末はなかなか弁の立つ男だと道原は思った。若くて商事会社を経営しているのだから、これくらい喋れないと営業ができないのだろう。

道原は、また訪ねるかもしれないといって星山商事をあとにした。

高速道路の下で貞松は急にしゃがみ込んだ。

「からだの具合でも悪くなったのか？」

「忘れていたことを思い出したんです」

貞松は、ショルダーバッグから白い封筒を抜き出した。

「そうか。おれもうっかりしていた」

それは、西岡万沙子の東京の住まいから持ってきた写真だった。五、六十枚はある。その中には男性の写真が何枚かまじっていた。貞松は菊末の写真が入っていないかをあらためているのだった。

「ないですね」

「あれば、西岡万沙子と菊末は知り合いだったということになるんだがな」

「そうしたら、もう一度訪問して締めあげるんですがね」

「菊末の身辺を洗ってみるか。親しい者が見つかるかもしれない。その人はやつがどんな女性と交際していたかを知っているということも期待できる。やつはおれたちが追っかけている事件に関係ないかもしれないが、今の段階ではどうも気になる男だ。塩谷涼子の変死にはからんできそうじゃないがな」

「それにしても、妙な線から菊末に近づくことになったものですね」

貞松は、写真をバッグにしまって立ちあがった。

「そうだな。西岡万沙子の実家へ行って塩谷涼子のことを喋っているうちに、河内屋に泊まった男の名を出してみた。そうしたら、父親が、宮前という姓は群馬県の万場町に多いといった」

「万場町には宮前尚夫という三十一歳の男が実在していましたね。彼に会ったところ、登山をする友人に菊末惇也という男がいることが分かりました」

「そうだった。ひょっとしたら、菊末が宮前尚夫の偽名で河内屋に泊まったんじゃないかとにらんで、五月二十六日と二十七日のアリバイをたしかめたら、やつは東京にいた。それで木曾の事件とは無関係とみるようになった」

「塩谷涼子が変死した前後に菊末は東京にいましたが、西岡万沙子が殺された前後に彼は山へ登っていました。彼は北アルプスだといっていますが、単独で露営だからそれを証明する人がいません」

「こうやって捜査を振り返ってみると、二つの事件は綾《あや》のようにからんでいる。万沙子の線を調べていると涼子の線に踏み込み、涼子の関係者とにらんで追うと万沙子に関係していそうな人間が浮かんでくる」

「道原さん。去年の秋、御岳で遭難した涼子の弟の知り合いを訪ねてみましょうか?」

「涼子が弟の勝史の遭難に疑問を抱いていたことは事実だものな。勝史の知人は、涼子が誰のことをさぐっていたか知っているかもしれないな」

「そのうえで、木曾の旅館や御岳の山小屋を当たってみましょう」

塩谷勝史は当時二十三歳。住所は東京都狛江《こまえ》市岩戸北だった。

死亡当時の住所を訪ねても彼がどこに勤めていたかは知られていないかもしれない。

彼の実家へきいたほうが確実だ。それに道原は塩谷姉弟のことで両親に尋ねたいことがあった。実家は高知市である。

両親は木曾署からの連絡で涼子の水死体を確認し、彼女を引き取って帰ったはずである。葬儀はもうすんだだろうか。

電話には父親が応じた。道原は、勝史の出身大学と勤務先を尋ねた。

勝史は、東京の弘亜《こうあ》大学を出て、晶栄《しょうえい》社に勤めていた。教科書や参考書、文芸書籍や週刊誌まで出している大手出版社だ。諏訪生れの道原も、晶栄社の名は子供の頃から知っていた。絵本にも少年雑誌にもその名が大きく刷ってあったのだ。

「涼子さんの出身校はどちらですか?」

「関東薬科大学です」

「この前、お母さんに電話した時、涼子さんが下沢病院を四月一杯で退職しているのをご存知なかったようでした」

「私もきいておりません」

「下沢病院を退《や》めた理由は、どうやら勝史さんの遭難原因を突きとめるためだったようです。涼子さんはご両親が心配なさると思って、それをいわなかったんでしょう。私たちが調べたところ、涼子さんは木曾へ誰かをさがしに行ったようです。ご両親には涼子さんがさがしていた人の心当たりはありませんか?」

父親は知らないといったが、少し待たせて、母親に電話を代わった。

「わたしたちにはさっぱり見当がつきません。涼子がそんなことをしていたということは、勝史の遭難になにか不審なところがあるんでしょうか？」

話し方は母親のほうがしっかりしていた。

「それは今のところ分かっていませんが、涼子さんが木曾で誰かをさがしていたのは事実です。その誰かというのは、勝史さんが遭難の前日に御岳で会った人です。勝史さんは涼子さんに山小屋から電話を掛けて、『意外な人に会った』といっています」

「誰でしょう……」

母親は、受話器を耳に当てて首をひねっているふうだった。

「涼子さんには、親しくしていた男性はいましたか？」

「歳が歳ですから、わたしたちはそれを気にしていましたが、あの子の口からきいたことはありません。勝史が御岳山で会ったというのは男の人なんでしょうか？」

「今のところ、男か女かも分かっていません。お母さんは木曾署へ行かれましたね？」

「主人と末の娘と一緒に……」

「涼子さんによく似た人が、五月二十六日の夕方、木曾福島町の旅館に入ったという話を警察でおききになりましたか？」

「森口さんという刑事さんがそんなことをいっていました。でも、その客は次の日の朝、男女ともそろって宿を出て行ったから、別人だと思うがともいっていました」

森口刑事は、河内屋へ入ったアベックのことを簡単に説明はしたようである。だが木曾署は、涼子が勝史の遭難に関して、誰かをさがしていたことは知らないし、他殺という見方はとっていないのだ。彼女が殺されたものと断定すれば、捜査本部を設けて捜査を開始していなくてはならない。河内屋のユキ子という客室係が、アベックの一方を涼子に似ているといったが、その記憶は曖昧だと受取っているらしいのだ。二十六日に入ったアベックの女性のほうは、たしかに涼子に似ていたのかもしれないが、それは偶然であって、二人連れは翌朝そろって出て行ったのだから、涼子とは別人だったことは間違いない。

ところが道原は、ユキ子の記憶を捨てきれないでいる。二十六日に入った男女は登山装備をしていた。これも涼子と一致するからである。

涼子は二十四日の朝、登山装備をして住まいを出ている。家主宅の主婦が見て、彼女に声を掛けているのだ。その時涼子は、「木曾へ行く」と答えている。主婦は、木曾の山といったら御岳だろうと想像した。

その通りで、涼子は二十五日に御岳山頂の山小屋に泊まっていた。その山小屋は、去年の九月、勝史が泊まったところだ。彼はそこから涼子に電話して、登山の安全を報告したあと、「意外な人に会った」と伝えた。そして翌日、霧の中で八丁ダルミから転落して死亡した。

涼子には、勝史がいった、「意外な人」の見当がついていたようだ。その人が山小屋なり山麓《さんろく》の旅館なりに泊まっていることが確認できれば、勝史の遭難のしかたを詳しくきくつもりだったのだろうか。

いや、それだけではなさそうだ。勤め先をやめてまで、「意外な人」をさがそうとしたということは、その人間と勝史の遭難を結びつけ、深い疑惑を持っていたと考えるべきではないか。涼子は、勝史が霧の岩場で転落したのを信じておらず、山でその人間に会ったことが遭難を招いたと受取ったのではなかろうか。

勝史のいった「意外な人」は、勿論彼がよく知っている人であると同時に、涼子にも深いかかわりを持っている人間とにらんでよさそうだ。

第六章　御岳山行

1

晶栄社は市ヶ谷駅の近くにあった。全面にガラスを張ったビルは濠《ほり》を向いていた。ガラスには対岸を通過する電車が映った。

塩谷勝史は一年あまり実用図書編集部に勤務していた。同社には彼の大学の同級生が採用されていた。その男は湯川《ゆかわ》といって、学生時代から勝史を知っていたという。

「木曾の警察から塩谷が遭難したという連絡を受けて、ぼくはもう一人の同僚と駆けつけました」

湯川は、一階のロビーで道原と貞松に向かっていった。

「遭難現場まで登ったんですか？」

「登りました。ぼくは高校の時に郷里の八甲田山《はっこうだ》に登ったきりで、登山らしい登山はしたことがありませんでしたが、一緒に行った島崎《しまざき》という同僚はベテランでした。ぼくらとともに塩谷の姉さんも登りました」

「涼子さんですね。彼女も前から登山をしていたということですが？」

「そうです。姉弟で山に行くこともあったようです。ぼくは塩谷と涼子さんとで食事をしたこともありますが、羨ましいくらい仲のよい姉弟でした。塩谷が姉思いだったんです」

「勝史さんは即死状態ということでしたが……」

「頭から転落したんですね。惨《むご》い死に方でした。遺体を見て涼子さんは半狂乱になって、それが哀れでぼくらもつい泣いてしまいました」

「その後、あなたは涼子さんに会いましたか？」

「塩谷が遭難して二か月ぐらいしてからでしたが、ここへ礼にこられました。それきりです。その涼子さんが木曾川で死んだとは、因縁ですね」

「その時、彼女はなにかいってなかったですか？」

「なにかといいますと？」

「涼子さんは、勝史さんが山で会った人が誰かをさがしていたらしい」

「ああ、きいています。塩谷は山頂の山小屋から涼子さんに電話をよこして、誰かに会ったといっていたということです」

「涼子さんがさがしていたのはその人なんだが、心当たりがあるような話をしなかったですか？」

「涼子さんにはそれが誰だか分からなかったんです。ぼくたちに心当たりはないかときいたんですから」

湯川と一緒に勝史の遭難時に現場へ登った島崎がロビーにやってきた。島崎も涼子と会ったのは、彼女が礼に訪れた時が最後だったという。

「涼子さんは勤めていた病院をやめて、勝史さんが山で会ったといった人をさがしていたようです。今回の木曾行きもそれが目的だったらしい」

「新聞にはたしか、自殺の線も考えられると出ていましたが、事故だったんでしょうか？」

島崎がきいた。四角ばった大きな顔の男だ。

「不審な点がたくさんあってね。それで私たちは、涼子さんがなんていう人をさがして歩いていたのかを知りたいんです」

道原がいうと、湯川と島崎は顔を見合わせた。

「ぼくたちにも、涼子さんが自殺したなんて考えられません。強い雨が降って川が増水していたということですから、誤って落ちたのかなって話し合ったものです」

湯川がいう。

「涼子さんの男性関係について、あなたたちは勝史さんからきいたことはありませんか？」

「その方面はからきしダメだなんて塩谷はいっていました。交際していた人もいなかったようです」

島崎が答えた。

「それは塩谷が死ぬ直前頃のことで、ぼくはずっと前に塩谷から、『姉貴は結婚するかもしれない』ってきいた記憶があるよ」

湯川が島崎にいった。

「いつ頃のことですか、それは？」

道原が湯川にきいた。

「ここに入社してすぐの頃だったように覚えています」

道原は手帳を開いた。

涼子が勤めていた下沢病院の川部あゆみは、一年ほど前に涼子が、結婚を考えている人がいると打ち明けたことがあったといった。道原はそれをメモしたページをめくった。今湯川がいった就職して間もなくと、川部あゆみのいう一年前がほぼ一致する。川部あゆみがいうには、涼子は結婚に関する話を一度しただけで、それきりどうなったのかついにきかずじまいだったという。

その男と涼子の交際がつづいていたら、高知市の実家になにか連絡があるのが普通である。ひょっとしたら涼子は、その男を両親に紹介しているかもしれない。

道原はふと、涼子が住んでいた部屋を思い浮かべた。知人の住所録や電話番号を記した物もなければ、写真一枚出てこなかった。これは不自然である。好きな男がいたら、その人の写真ぐらいは持っていそうなものである。

いったんは結婚を考えたが、破局が訪れ、その相手を忘れるために、あるいは思い出すのも忌まわしくて、持っていた写真を焼き棄《す》ててしまったのだろうか。

晶栄社のビルを出ると道原は、また塩谷涼子の実家に電話した。母親が出た。

「涼子さんは以前、結婚したい人がいるという話をしていましたか？」

「さっきもいいましたように、親しくしているという男の人の話もついぞききませんでした」

「そうですか。あの、郷里のほうに、涼子さんを好いていた人はいなかったですか？」

「さあ。なにしろこっちにいたのは高校まででしたから、わたしたちは気がつきませんでした」

二十五年の道のりに、深い交際とまではいかなくても、好きになった男性がまったくいなかったというのは不自然だ。涼子が結婚を考えた人は東京へきてから知り合ったのだろう。それを彼女は郷里に伝えていなかっただけに違いない。それは破局までの期間が早かったからか、それとも両親には報告できないような惨たらしい結果に終ったからだったかもしれない。

「刑事さん。涼子には結婚の約束までした男の人がいたんですか?」

母親はすがるようにきいた。

「一年ほど前ですが、勝史さんが会社の同僚にそれらしいことを話しています。なんという人か分かっていませんが」

どんな人だったのだろう、と母親はつぶやくようにいった。母親というのは、娘が結ばれるかもしれなかった人を一眼でも見たいものなのだろうか。

道原は、電話を切りかけて、はっと思いついた。

「勝史さんはアルバムを持っていましたか?」

「はい、ありました。山へ行って撮ったものが多いですが」

「その中に、お母さんの知らない人が写っていましたか?」

「いたと思います。東京の大学に行っていたものですから、あちらでできた友だちは顔を見てもわたしたちには分かりません」

「そのアルバムは保存してありますね?」

「はい。一枚残らず」

「それを見せてください」

「どういたしましょうか?」

「そちらへ飛んで行きます」

涼子の母親は驚いたような声を出した。

高知市へ行くときいて、貞松も眼を丸くした。

「道原さん。塩谷涼子の事件は木曽署の管轄です。これが自殺か事故死という結果にでもなったら、えらいことですよ」

「君は、西岡万沙子の事件を調べていると、木曽で死んだ塩谷姉弟の霊がおれたちを招《よ》ぶようなことをいったじゃないか」

「そんな気は今でもしていますよ」

「どんな事件でも解決させなきゃならん。結果が自殺か事故死ならそれでいいじゃないか。犯人がいないということになるんだ。結構なことだ。だが、じつは犯罪だったものを自殺や事故死で片付けたらそれこそえらいことだぞ。東京でも高知でも、捜査で行くのは同じだ」

「それにしても高知は遠過ぎます。課長に一言断わってからにしたほうがいいですよ」

「課長にいったら間違いなく反対される。貞松君は、あとで課長になにかいわれるのが恐《こわ》いんじゃないのか。それだったら君はここに残れ。おれは一人で行ってくる。旅費が一人分、浮く」

貞松は唇を尖《とが》らせた。不満を露《あら》わにする彼の表情だ。

「それじゃまるで、ぼくは必要のない人間じゃないですか」

「そう思われたくなかったら、おれについてこい。君に責任をおっかぶせるようなことはしない。高知へ行くのは、捜査上どうしても必要なんだと信じろ」

貞松は、ショルダーバッグから時刻表を取り出した。航空ダイヤを調べている。

「これから羽田へ行っても最終便に間に合います」
二、三分前とは別人のように顔付きが異なっていた。

2

塩谷涼子の実家は高知市堺《さかい》町で、はりまや橋に近かった。訪ね当てた時は夜の九時を回っていた。塩谷家を確認しただけで道原ははりまや橋脇《わき》の交番に引き返した。塩谷家が旅館だったからである。上がり込んで話していれば深夜になるかもしれないからだ。

交番の巡査は近くのビジネスホテルへ電話して、空室があるかをきいてくれた。

そのホテルは鏡川のほとりだった。近くには原色のネオンをつけた店がいくつもあった。白い壁の高級ホテルが見え、最上階にはオレンジ色の灯がついていて、時折小さな人影が動いていた。右に眼を振ると、黒っぽい地に「四国銀行」と白く抜いた看板がビルの上に立っていた。

道原にとって高知は初めてだったが、貞松は高校の修学旅行で訪れたことがあるという。

二人はカップ酒を手にして向かい合った。カップを持ち上げたり置いたりするたびに小さなテーブルの細い脚が鳴った。

翌朝、道原は早く眼を醒ました。濁った川の縁を犬を連れた人が歩いていた。釣人が何人かいた。

道原はシャツのまま外に出て、川縁を歩いた。川水はほとんど動いていなかった。岸辺につながれたボートの底を細波が洗って、ペタペタと鳴った。水面に曇った空が映り、岸辺に小魚の黒い群れがあった。鳥が水面を飛んだ。小魚は腹を光らせた。遠くに青い山脈が眺められた。芝生の公園があり、赤い橋が見えた。

町の中には朝市が立っていた。生きた黒い毛ガニを九十円から百二十円で売っている。カツオは一尾千五百円から千八百円。タイもカツオと同じぐらいの値段である。

ゆうべ見えた銀行の看板は紺色の地だった。その下を市電が路面をゆるがして通った。

「ゆうべお見えになるかと思いまして、部屋を用意しておきましたのに」

涼子の母親は畳に両手を突いた。彼女は、道原らがけさの飛行機でやってきたものと思っているようだった。

朝市へ買い出しに行ったという父親が帰ってきた。涼子の面長は父親似だった。

「刑事さんがおっしゃったので、勝史のアルバムをそろえておきました」

父親は緑色の表紙のアルバムを道原の前へ三冊積んだ。

勝史の死後、彼の住まいから持ってきた物だという。山好きだったからか、山中でのスナップが多かった。

何か所かに白い紙がはさんであった。

「それが知らない人たちです」

貼《は》られている写真で、両親の知らない男女は八人いた。勝史は、大学の夏や冬の休みの時、何人かの同級生を高知に連れてきた。経営している旅館に泊めたのだ。だから彼の知友の顔を両親はよく知っていたのである。

勝史のアルバムには涼子も写っていた。が、彼女が男性と二人で写っているのは一枚もなかった。

「ご両親の知らないこの八人の写真を借りて行きます」

父親は封筒を用意した。

「涼子は、事故死じゃないんですか？」

「それが今のところはっきりしませんが、勝史さんが山で会った人をさがしているうちに不幸な目に遭ったことは事実です」

「涼子は、どうしてその人をさがしていたんでしょうか……」

父親は宙に眼を泳がせた。勝史の遭難に対して疑問を抱いていることなど、涼子は一言も伝えていなかったのだ。

「涼子さんの住まいを見せてもらいましたが、知人の住所や電話番号を書いた物も見当たらないし、写真は一枚もありません。こちらにはどうですか？」

「高校までのでしたら、少しはあります」

そういって父親が持ってきたのは、薄いアルバム一冊だった。それは学校の行事の記念に撮ったものが主で、彼女が大学に入ってからのは一枚も収まっていなかった。

彼女はカメラを持っていたという。それなら、たとえば山行の際の写真が住まいに残っていそうなものである。

「涼子は東京で一番仲よくしているのは西岡万沙子さんだといっていました。その西岡さんも、勝史が山で会ったという人をさがしていたんですか？」

茶をはこんできた母親がいった。

道原は、はっとしてアルバムから眼を離した。それは気がつかなかった。涼子と万沙子は親友だ。当然万沙子は勝史を知っているか涼子から話をきいていただろう。万沙子は万沙子で勝史の遭難に関する情報をつかみ、それで赤岳に登ったということも考えられる。今まで思ってもみなかったことである。万沙子の事件と涼子の変死を切り離してみていたが、案外一本の糸でつながっているのかもしれない。

万沙子は、勝史の遭難に関する謎《なぞ》に近づいたために、抹殺された可能性もあるのだ。

だが、万沙子の大学の同級生や同僚は、彼女の親友塩谷涼子の弟が木曾御岳で遭難したことを知っていたが、万沙子がその遭難に疑問を持っているという話はきかなかった。同級生や同僚が知らなかっただけだろうか。

道原は、涼子の母親が今いった言葉は頭にとどめておく必要があると思った。

「勝史さんの知り合いなのに、亡くなったあと連絡をよこさない人はいませんか?」

道原は、母親にきいた。

「新聞に載ったのを知らなかったといって、何日かあとになって供物を届けてくれた人はいましたが、お付合いしていた人はみなさん連絡をくれました」

父親もうなずいた。

「涼子さんの場合はいかがですか?」

「まだ一週間ですから、知らない人もいると思います。でもわたしたちが名前を知っている人からは連絡がありました。仙台の西岡さんも丁寧な手紙をくださいました」

娘や息子の知友全部を両親は把握してはいないはずだ。娘や息子が両親と同居していたのならべつだが、なにしろ高知と東京である。話の中に出てきただけでは忘れてしまった人もいるに違いない。

「勝史さんは、日記のようなものを記《つ》けていましたか？」

貞松が思いついたというふうに尋ねた。

「部屋にあった物は一切こちらへ送りましたが、そういう物は出てきませんでした」

「涼子さんは、こちらにいる頃は？」

「あの子は、勝史ほど面倒臭がり屋じゃないものですから、こっちにいる時は記けていました。東京へ行ってからもそれはつづけていたと思います」

涼子の住まいからは日記も見つからなかった。彼女が自殺だったとしたら、身辺を整理したうえで出掛けたと解釈できるが、死ぬ動機について心当たりを思いつく人はいなかった。彼女の死後、何者かがマンションに忍び込んで、日記やアドレスノート、それからアルバムなどを持ち出したのではないかと道原はにらんでいる。

するとと彼女は、自殺や事故死ではない。部屋に侵入した者によって殺された疑いが強まるのだ。その犯人は、去年の秋、勝史が御岳に登った際に会ったという、「意外な人」という気がしてくるのである。

なぜなら、彼女は勝史の死後、「意外な人」を追って木曾路を歩いているらしいからだ。

3

　ゆうべは木曾福島町の旅館に泊まった。

　木曾福島駅前から田ノ原へ向かうバスは空《す》いていた。道原と貞松は、スニーカーを履き、小型のザックを用意している。

　王滝《おうたき》上島集落が見え始めると、右側の急斜面直下に慰霊碑が建っていた。昭和五十九年九月十四日早朝に発生した、長野県西部地震の被災者を祀《まつ》ったものである。この地震で二十九人が死亡、重軽傷五人の犠牲者が出た。うち十四人の死亡が確認されたが、十五人は行方不明のままで、土中に眠っているものとされている。左側は細長い御岳湖で、山の色をそのまま映して深い緑色をしていた。

　御岳霊場が現われた。秋霜烈日をくぐって色を変えた石碑に、朱や白を塗り込んだ新しい石碑が幾本もあった。これも地震の被害か、傾いたり倒れているものもあった。クネクネと折れる道路を、スキー場が串刺《くしざ》しにしていた。バスの中の温度が下がった。終点の田ノ原に着いた。ここは御岳の六合目である。湿原を巡る遊歩道に人影がまばらに見えた。

「山頂は見えませんね」

貞松が頰を緊張させて御岳を仰いだ。左右にゆるやかなせりあがりがあるが、見当では八合目あたりから上は雲の中だった。

「あれはなんですか？」

貞松は西のほうを指差した。

「地震で崩壊した跡じゃないか」

墨を塗ったような色の山肌に赤くただれた部分が見えた。その傷跡は深そうだった。

大鳥居をくぐると、登山道は直線につけられていた。平坦《へいたん》で歩き易かった。

やがてハイマツ帯にかかり、径《みち》はせまくなった。姿は見えないが、鳥の声がさかんにした。

左手は眺望がよく利いた。濃い緑のハイマツの斜面が広がり、ところどころで噴煙のようにガスが立ちのぼっていた。

岩が多くなった。道原の呼吸は荒くなり、先を登る貞松が振り返っては足をとめた。

「大丈夫ですか？」

「なにが？」

「登れますかっていっているんですよ」

「年寄り扱いするな。この程度の山がなんだ。まだまだ穂高や槍だってやれる」

貞松は薄く笑った。

御岳は、北アルプスなどと雰囲気がまったく異なっていて、霊山の名にふさわしく、登山道のあちこちに「覚成行者」と彫られた霊神碑や石像が立ち、小さな社があった。線香の燃え残りもあり、見ようによっては不気味な風情である。

前掛けをされた石像の横に道原と貞松は腰を下ろして一本立てていると、下方の岩のあいだに白い帽子が現われた。白い帽子は、右に左に向きを変えて近づいた。赤いザックを背負った若い女性だった。二十五、六歳に見えた。

「こんにちは」

その女性は道原らに気付いて頭を下げた。

「一人ですか？」

道原がいうと、はい、と小さな声で答えた。グレーの綿ズボンの裾《すそ》に茶色の登山靴がのぞいていた。

「お先に」

女性はいって、鉄柵《てっさく》に囲われた石像の脇を巡って登って行った。

道原は、塩谷涼子を想像した。彼女は十日ほど前、やはり単独で登って行ったのだ。彼女は山登りを楽しむためではなかった。弟が遭難する前日、この御岳で邂逅《かいこう》したという人間が誰であったかをたしかめるために登っている。涼子は、勝史がその人に会わなかったら死ななかったのではないかという思いを胸に抱いて、石像のあいだを縫って登っていたような気がするのだ。

涼子は山頂の山小屋で、勝史が電話で伝えた、「意外な人」を確認したのかもしれない。もしかしたら、「意外な人」が誰だったかを知っていたため、木曾川で死ぬことになったのではないか——。

ハイマツの丈が低くなった。繁《しげ》みのあいだには雪が残っていた。長く裾を引く斜面は苔《こけ》を付けたような色をしていた。

振り返ると田ノ原は薄いガスに閉ざされていた。反対に上部は展《ひら》け、王滝頂上が真上にあった。

さっき追越して行った若い女性の姿が小さく見えた。健脚だ。少しも休んでいなそうである。それに較《くら》べて道原のペースは落ちる一方だった。貞松は道原がいることを忘れてしまったのか、先を行く単独の女性を追うように登っている。

顔に汗が流れた。背中は火照《ほて》っていた。

振り仰ぐと社の屋根が見えた。王滝奥宮らしい。やがて奥ノ院のピークが見え出した。

貞松との間隔は開くばかりだった。道原は何回か声を掛けたが、きこえないのか無視してか一向に足をとめなかった。

山肌はいよいよ荒れて、一木一草となくなった。八丁ダルミの斜面は赤い色をしていた。その裾にかかる左側は、ゆるい傾斜から次第に角度を下げて、地獄谷へ落ち込んでいる。去年の九月二十五日午前、塩谷勝史はこの辺りで、噴煙をあげる谷に転落したのだ。

ここの山肌は、黒と赤と青味がかった灰色とが混り合っていた。ザラついていて足が滑る。霧が深かったら、どこを歩いているのか分からなくなりそうだ。勝史は、登山ルートと勘違いして、地獄谷に向かって斜面を下ったのかもしれなかった。

貞松は、「火渡り場」の囲いの横に腰を下ろしていた。

「こんな山、今まで見たことありません」

山頂付近には天狗のような修験者の像や霊神碑がたくさんあって、異様な雰囲気である。

「気分でも悪いのか。顔が蒼《あお》いぞ」

「気味が悪いんです。山の霊に乗り移られたらどうしましょうか？」

「気が狂《ふ》れたようなことをいうな。君が追っかけていた女の子はどうした？」

「とても追いつけません。ぼくらより重そうな荷物を背負っていたのに、スタスタです。もう山小屋に入って大の字を書いているかもしれません」

「おれたちも山小屋へ行くんだ。仕事を忘れるな」

背中の汗が冷えた。道原が先に立った。石碑や神像の林立が先方にあった。白衣の講の人たちの姿が見えた。

剣ヶ峰旭《あさひ》館は、五月二十五日に塩谷涼子が泊まった山小屋である。これはこの前、木曾署が確認している。

「塩谷涼子さんは、泊まっただけでなくて、なにかを尋ねたと思いますが？」

道原は、彼女の写真を山小屋の主人に持たせてきいた。

「あの日は、女のお客は三人しかいなかったからね……」

主人は広い額に手を当てた。その日を思い出そうとしているのだ。

「この写真の女性は、去年の九月、八丁ダルミで遭難した人の姉なんですよ」

「ああ、そういっていました。思い出した。弟さんが泊まった日の宿泊カードを見せてくれないかといって去年きた人です」

やはりそうだったか。

「見せてやったんですね？」

「いや。宿帳と同じですからね。普通の人には見せられないっていったんです。名前をいってこういう人が泊まっていたかっていうんなら、教えてもいいがと私は返事しました」

「そうしたら彼女は？」

「仕方なさそうにして帰りましたが、五月二十五日にきた時は、たしか二人の名前を挙げました。私が断わったから考えたんでしょうがね」

「なんという名前でしたか？」

「さあ、それは……」

主人は忘れてしまったといって首を傾げた。

「その名前は男でしたか、女でしたか？」

「男の名前でした。一人のほうはとても簡単な名でしたよ」

「簡単というと、どこにもある名前ということですか？」

「そうじゃなくて、たとえば、カクとかスミというような」

「それは姓ですね？」

「そう。たとえばキソヨシナカのキソです」

「もう一人のほうの姓は？」

「珍しい名前でした。……思い出せません」

主人は、今度は後頭部に手を当てた。

「彼女がいった男の人は泊まっていましたか？」

「二人ともいませんでした」

「うむ……」

道原は、ストーブの前で腕を組んだ。

塩谷涼子は、勝史のいった、「意外な人」の見当をつけて登ってきたのだ。つまり彼女は、勝史がその人とこの山小屋で泊まり合わせたと受取ったのだろう。勝史の遭難直後はそれが誰なのかまったく見当がつかなかったが、冬を越すうち心当たりを思いついたのかもしれない。それでまたこの山小屋へ登ってきたが、彼女の心当たりの二人の男性は泊まっていなかった。

「去年の九月二十四日の宿泊カードを見せてください」

主人は腰をあげ、紐《ひも》でとじた用紙を提げてきた。

塩谷勝史を入れて宿泊者は十三人だった。貞松はその全員を書き取った。道原は今回の捜査で当たった人物が含まれているのを期待したが、知っている名前は見当たらなかった。

「塩谷涼子さんがここへ二度も登ってきているところをみると、弟さんの遭難になにか不審な点があるんじゃないですかね」

山小屋の主人は茶を淹れていう。

「ここへ一泊して下った夜、夕飯を食べたあと木曾川に落ちて死亡しました」

「なんですって……」

主人は眼をむいた。木曾署では、涼子の宿泊を問い合わせたが、変死したことは告げなかったのだ。人里離れた山小屋では下界の出来事がいちいち伝わらないらしい。

「そんなことになるんなら、去年の秋、宿泊カードを見せてくれっていってきた時、いう通りにしてやればよかった。気の毒なことをしました」

主人は、大きな湯呑《ゆの》みを両手に包んだ。

「塩谷涼子さんは、ほかの山小屋へも寄っているでしょうね？」

「私はきかなかったけど……」

主人は口数が少なくなった。

道原は、塩谷涼子が宿泊した日のカードも見せてもらった。河内屋の宿帳にあった「宮前尚夫」が泊まっていないかを密《ひそか》に期待したのだが、その名前はなかった。

河内屋へ「宮前尚夫」と入って食事したのが彼女だったとしたら、単独で下り、木曾福島町で彼と会ったのだろうか。

道原と貞松は、剣ヶ峰東直下の頂上小屋へ移った。ここでも主人に同じことを尋ねた。

「それは若くてきれいな人じゃないですか？」

主人は塩谷涼子を思い出した。やはり去年の秋、山小屋を閉める直前にやってきて、九月二十四日の全宿泊者の名前を教えてもらえないかと彼女はいった。主人は、なにに使うのかときいたところ、理由をはっきり答えなかった。それで彼女の申し出を断わったという。

「今年の五月にまたやってきたんですね？」

「二度目は、二人の男の名前をいって、泊まっていないか調べてもらいたいといいました。八丁ダルミで遭難した弟の知り合いなんだが、その人は遭難のもようを知っているんじゃないかと思うといっていました。遭難のもようを知っているんなら、あなたが調べなくてもあんたの前にその人は現われるはずじゃないかと私はいったんです」

「そうしたら？」

「事情をはっきりいいたくなさそうでした。二度もやってきて気の毒だとは思いましたが、私が教えたばかりに宿泊者に迷惑が掛かるようなことがあってはと思いまして、二度目も断わりました」

道原はうなずいた。涼子のきき方がまずかったのだ。下手な隠しだてをせず、宿泊者の中で特定な人の宿泊を確認したいのなら、理由をはっきり話して相談に乗ってもらうように持っていけば、あるいは協力してもらえたかもしれない。その点刑事の場合は聞き込みが楽である。

貞松は、この山小屋でも塩谷勝史が遭難する前日の宿泊者の氏名と住所を写し取った。涼子が剣ヶ峰旭館に泊まった日の宿泊客も控えた。「宮前尚夫」はやはり入っていなかった。

この時季に開けている山小屋はもう一軒あった。王滝頂上小屋である。

涼子はその山小屋も二度訪ねていた。

「去年見えた時は断わったんだが、二度目はこういう名前の人は泊まっていなかったかといって、紙に書いて見せたんだよ。ひどく疲れているようだったから可哀想《かわいそう》になってね、それで宿帳を見せてやったんだ」

ここの主人は、六十歳ぐらいだった。涼子の器量まで記憶していた。

「彼女がいった名前の人はいましたか？」

「いなかった」

「彼女は、なんという名前の人が泊まっていなかったかってきいたんですか？」

「名字のほうは忘れたが、一人の名はタツユキだった」

主人は、貞松の出した用紙に「辰之」と書いた。

「わしは王滝の上島に家があるんだが、隣が胡桃沢《くるみざわ》という家で、おやじの名が辰之なんだ。それで覚えておる」

この話は参考になる。

「もう一人のほうは思い出せませんか？」

道原は眼を細めてきいた。

「忘れたな。あんまりない名字だったような気がするが」

「宮前とはいわなかったですか？」

「そんな名字じゃなかったな」

主人は髪の薄い頭を掻《か》いた。

剣ヶ峰旭館の主人は、涼子が口にした二人のうち、一人は簡単な姓だったといった。最後に訪ねた山小屋の主人は、一人の名前を覚えていた。道原と貞松の御岳参りは、決定的な収穫とまではいかなかったが、ヒントを拾うことにはなった。

田ノ原を向くと、中央アルプスの連山が雲海の上に浮いていた。

「あれが駒《こま》ヶ岳《たけ》だな」

道原は東を指差した。

「じゃ、あっちが空木《うつぎ》と南駒ですね」

貞松は腰に手を掛け、西陽《にしび》を受け薄藍《うすあい》に染まった峰を眺めた。北のほうが晴れていれば八ヶ岳連峰も見渡せるはずである。

4

ゆうべは木曾福島町の小さな旅館に泊まった。久し振りに山を登り下りして疲れたのだが、枕《まくら》の下の木曾川の音が耳について寝付きが悪かった。貞松ときたら、川に放《ほう》り込まれてもそのまま眠りつづけているだろうと思うほどのいびきをかき、歯ぎしりし、時々唸《うな》り、布団を蹴《け》って風を起こした。

朝食をすますと、旅館巡りをすることにした。泊まった宿でも、塩谷涼子が訪ねているかをきいた。

道原らは、この前は涼子が夕食を摂《と》っていないかをきいて回り、その結果、木曾川の対岸にある河内屋で、彼女によく似た女性が「宮前尚夫」という客と一緒に宿泊したのを突きとめたのだった。が、きょうは、誰かをさがしにきていないかを聞き込むことにした。

「そういえば刑事さんがこの前お見えになる少し前、こういう名前の人が泊まったことはないかと若い女の人にきかれたことがありました」

木曾福島駅に近い「おんたけ旅館」の女将《おかみ》はそういった。

「それが川下で発見された水死体の女性なんだ」

道原がいうと、女性は胸を押えた。

「なんという人のことをきいたか覚えているかね？」

「こういう商売ですから、わたしは調べてあげるのを少し考えましたが、あまり真剣だったもので、その女の人がいった日の宿帳を見てあげました」

「彼女が調べてくれといった人はここに泊まっていたんだね？」

女将は宿帳を持ってくるといって引っ込んだ。

「この人です」

女将はつづりを繰って見せた。去年の九月二十三日分である。

〔牟田《む た》辰之《たつゆき》　三十二歳。埼玉県新座市池田〕

宿帳をのぞいていた貞松が、「伝さん」と小さく叫ぶようにいってから手帳で口をふさいだ。

きのう訪ねた三軒目の王滝頂上小屋の主人は、塩谷涼子が示した二人の男のうち一人の名前を記憶していた。姓は忘れたが名は「辰之」だといった。自宅の隣家の主人の名が同じだったから頭に残っていたといった。剣ヶ峰旭館の主人は、涼子が尋ねた男のうち一人の姓は簡単な読み方だといった。つまり、二字の発音だと記憶していた。これが「牟田」だったのだ。

「彼女がきいたもう一人の男は泊まっていなかったんだね？」

道原は女将にきいた。

「この牟田という人だけでした」

「牟田という人は電話番号を書いていないね」

「こういうお客さんが時々いますが、一流ホテルのように記入してくださいと強くはいえないものですから」

女将は手を揉《も》んだ。

「この牟田辰之という客の顔を覚えているかね？」

道原は、塩谷勝史のアルバムにあった八人の男の写真を女将に見せた。

女将はメガネを掛けて見ていたが、思い出せないといって写真を返してよこした。

「木曾へきてよかったな」

おんたけ旅館を出ると貞松にいった。

「御岳に登ることはなかったですね」

「それはしょうがない。われわれの捜査には賭《か》けの部分があるんだ。塩谷涼子は、牟田辰之の宿泊を確認するまでに苦労したんだな」

「勝史が電話でいった人間をさがすために、御岳へ二度も登っているんですからね」

「二度目に御岳へ登ったが収穫がなかった。それで、木曾福島へ下りて旅館を聞き込んで歩いたんだろうな」

「逆かもしれませんよ」

「逆とは？」

「今のおんたけ旅館で牟田辰之の宿泊を確認したあと、御岳へ登り、勝史が登った日に山頂の山小屋に泊まっているかを確かめるつもりだったかもしれませんよ」

「そうか。彼女は勝史の遭難に牟田辰之が関係しているかもしれないとねらいをつけた。それには牟田が山頂へ登っていないとねらいははずれたことになる。君の推理が当たっていそうだ」

貞松は咳払《せきばら》いした。

「伝さん。いえ、道原さん。勝史はおんたけ旅館で牟田辰之という男と出会ったのかもしれませんよ」

「考えられるな。けさはバカに頭が冴《さ》えてるじゃないか」

「道原さんは疲れているみたいですね。やっぱり御岳登山がこたえたんでしょうね」

「ゆうべよく眠れなかったからだ」

「家が恋しくなりましたか？」

「君のいびきや歯ぎしりは、とても正常人のものじゃない。事件が片付いたら医者に診てもらえ。ひょっとしたら手遅れっていわれるかもしれないがな」

「疲れているだけじゃなくて、機嫌もよくないですね」

「バカなことをいっていないで、もう一度おんたけ旅館へ行くんだ」

しかし、去年の九月二十三日に塩谷勝史は泊まっていなかった。

勝史は九月二十四日に御岳の剣ヶ峰旭館に泊まっている。ところが、牟田辰之の宿泊該当は認められなかった。他の二軒の山小屋でも同じである。

「木曾署へ寄って、御岳山頂かその付近の山小屋に牟田辰之の宿泊を調べてもらいましょうか？」

道原と貞松は、木曾川を渡った。きょうの川は青かった。

「それは東京へもどってからにしよう。また木曾へきていることが知れたら、断わりなく管轄に入るなと怒られるかもしれない。それぐらいのことは電話で充分だ」

二人は、河内屋を訪ねた。瘦《や》せた顔の支配人が腰を折った。

支配人と客室係のユキ子に、高知の塩谷家から借りてきた写真を見てもらった。

「五月二十六日に『宮前尚夫』の名で、女性と泊まった男がこの中にいるかね？」

支配人とユキ子は眉間《みけん》に皺を立てて、八枚の写真を回し見した。しばらくして二人は首を横に振った。

「よく分かりません」

支配人はメガネの縁に指を添えた。

「いないように思います」

ユキ子は、写真を重ねた。

塩尻《しおじり》方面への列車が到着するまでに二十分ほど間があった。道原は対岸の山を眺めた。いつ見ても暑苦しいほどうっ蒼《そう》としたヒノキの樹林である。中空でトビが輪を描いている。その辺りが城山国有林であるらしい。

「牟田辰之とはどういう男でしょうか？」

列車に乗ると貞松がいった。道原もさっき、ヒノキの林を眺めながらそれを考えていたのである。

御岳に登った勝史は、姉の涼子に電話で、「意外な人に会った」といいながら、それが誰かをいわなかった。涼子は誰なのかをきいたに違いない。彼がもったい振って答えなかったということから、道原は涼子に関係のある男だったのではないかと想像していた。

「誰だったかをいうと、涼子の心が騒ぐと思うから勝史はいわなかったような気もするんだが……」

「涼子にとって、いい思い出のない男というわけですね？」

「思い出ということは、涼子と過去になにかあった男と君はみているんだな？」

「涼子のさがしていた人間が男だって分かりましたからね」

「誰かがいってたな。涼子には結婚を考えていた時期があったって」

「下沢病院の川部あゆみっていう同僚です」

「もしかしたら、牟田辰之がそうだったかもしれない。涼子にはほかに男の噂がなかったものな」

「こんなにきれいな女性でも、いい男に巡り会えるとはかぎらないんですね」

貞松はいつの間にか涼子の写真を手に持っていた。

「美人というのはとかく男を見る経験を積まないうちからチヤホヤされる。見掛けだけで質《たち》のよくない男と親しくなるケースが多い」

「失敗も多いというわけですね」

「涼子にとって、牟田辰之という男がそうだったかどうかは分からないがな」

「弟の勝史が遭難したら、牟田と山で会ったんじゃないかと涼子は想像したらしいですね。ということは、牟田は勝史に対して怨念《おんねん》のようなものを持っていたということでしょうか?」

「うむ……」

道原は窓の外に首を回した。涼子と牟田、勝史と牟田の関係については想像の域を出なかった。

「涼子は、山小屋や旅館にもう一人の男の名前を告げていますね」

「同じような関係の男が二人いたということかな?」

「ぼくには、涼子がいろんな男と深い関係を持っていたようには思えません。この顔はそんなふしだらな女じゃないです」

貞松は涼子の写真を振った。憤《おこ》っているような喋り方だった。

「君は顔や形で人間の質を決めたがる。特に女性に対してはその傾向が強い。刑事にとってはそういう先入観は禁物だ」

貞松は唇を尖らせ、写真をバッグにしまった。

塩尻で新宿行きに乗り換えた。右の車窓に鉛色をした諏訪湖が映った。二人はきょうも諏訪を素通りである。

だが、貞松は、諏訪署の刑事であることをとうに忘れてしまったように、岡谷《おかや》あたりから眠っていた。

牟田辰之とはどんな男だろうか。塩谷涼子は、勝史の遭難時の前後に牟田が御岳か木曾福島町にいたことを確認するために山小屋や旅館を訪ね歩いていた。彼女のその行動を牟田はつかんだのかもしれない。そうだとしたら、彼女の変死にも牟田がからんでいそうである。

今のところ、涼子がどこで木曾川に入ったかが分かっていない。五月二十六日の夕方、河内屋に「宮前尚夫」と名乗る男とともに入り、夕食を摂った女性は涼子に似ていた。が、女性は翌朝、「宮前尚夫」と一緒に宿を出て行っている。

涼子の死亡推定時刻は二十六日午後八時か九時頃だ。死んだ女が男と連れ立って旅館を出て行くわけがない。「宮前尚夫」と連れの女性が河内屋を出て行く頃、涼子は木曾川の流水にもまれていたのだ。

「道原さん……」

貞松がいった。

「眠っていたんじゃないのか」

「塩谷涼子の夢を見ていました」

「そのつづきでも見ていろ」

「木曾川の水死体は、涼子じゃなかったんじゃないでしょうか?」

「よく眼が醒めていないらしいな」

「醒めています。真面目《まじめ》にいっているんです」

「人違いっていうわけか」

「ありがちなことですよ。水死体は人相も体形も変わっていますからね」

「じゃ、本ものの涼子はどうしたんだ?」

「宮前尚夫というやつと河内屋に泊まったのが本ものの涼子だったんです」

「だから、そのあとどうしたっていうんだ。彼女は今も住まいに帰っていないじゃないか」

「それは分かりません。宮前という男と旅行中か、それともどこかで死んでいるかもしれません」

「そうすると、木曾からはもう一人死人が出てくるというわけだな」

「そういうことになるかもしれません」

貞松のいうことを頭から否定はできないが、道原には水死体は涼子に間違いないように思われるのだった。

木曾署では、指紋照合のうえで家族に遺体を引き渡しているはずである。

第七章　偽名の男

1

牟田辰之《むたたつゆき》は、おんたけ旅館の宿帳の住所に実在した。新興住宅地の中にある一戸建の新築二階の家だった。彼の所有である。

そこをさがし当てたのは夕方だったが、周囲の家はほとんどが不在だった。夫婦が共働きのようである。彼の家から七、八軒離れたところできくと、牟田辰之は妻と二人暮しだという。三十一、二歳の男だがときくと、間違いないという。だが、彼がどこに勤めているのかなどまったく知られていなかった。妻も勤めているらしく、朝乗用車で一緒に出て行く姿を見たことがあると、その家の老婆は答えた。

道原と貞松《さだまつ》は、牟田の隣家か正面の家の人が帰ってくるのを待つことにした。

「駅まではかなり距離があるし、この辺の人はどうやって通勤しているんでしょうね？」

貞松はガムを嚙《か》みながらいう。

「自家用車なんだろうな。ほら、どの家にも小さなガレージが付いているじゃないか」

二〇〇メートルほどのところを高速道路が走っていた。

近くには喫茶店もなかった。二人はやっと見つけたそば屋に入り、週刊誌をめくりながら時間を潰《つぶ》した。その間に、牟田家の電話番号を調べた。

薄暗くなって牟田家の近くにもどってみると、正面の家に灯がついていた。玄関に出てきた主婦は三十歳ぐらいに見えた。化粧しているが顔に艶《つや》がなく、たいそう疲れているようだった。

「牟田さんは、ここへこられて三か月ぐらいのものだと思います」

主婦は板の間に膝《ひざ》を突いて答えた。道原と貞松はせまい玄関に立っている。

「牟田さんの職業とか勤め先をご存知《ぞんじ》ですか？」

「入居した時に挨拶《あいさつ》しにいらっしゃいましたが、デザイナーとかおっしゃっていました。車が二台あって、別々に出掛けることもありますし、同じ車で出て行くこともあります」

どうやら他所《よそ》に事務所を設けていて、夫婦ともそこへ出勤しているらしいという。

「牟田さんの体格は？」

「痩《や》せぎすです。身長はこちらの刑事さんぐらいでしょうか」

道原はうなずいた。

「メガネを掛けていますか？」

若い主婦はしばらく首を曲げていた。

「掛けていません」

顔の一部のようになっているメガネの記憶は、人によって曖昧《あいまい》なものである。

この主婦からはこれ以上の情報を得るのは無理だった。牟田夫婦は家を出て行く時間も遅いし、帰宅時間もまちまちのようである。

隣家の窓からも灯が洩《も》れていた。そこの主婦も若かった。二歳ぐらいの子供が玄関に出てきた。

「わたしは、牟田さんの姿を三、四回しか見ていません。他所でお会いしてお隣さんて分かるかどうかの自信もないくらいです」

主婦の答えをきいて貞松はあきれ顔をしたが、道原は今までの経験から、新興住宅地の近隣はこんなものだろうと思った。

「隣の人がなにを職業にしているかも知らなくて不安じゃないんですかね？」

外へ出ると貞松はいう。

「そんなことを考えてみたこともない人がいるらしいぞ。牟田のほうだって、隣や前の家の人の職業や勤め先を知らないと思うな」

「ぼくはとてもこんな環境には住めません。これじゃ隣の家の人が死んでいても分からないですよ」

「この無関心と無干渉を好んでいる人は多いんだ」

両側に並んでいる家は新しいが、道路は暗かった。空地が点々とあり、車が通ると砂埃《すなぼこり》があがった。

牟田辰之家を張り込んでいても何時に帰宅するか分からない。道原は、夜遅くに電話して、あした牟田に会う約束をしようと考えた。

「逃げないでしょうね」

「逃げたらなにかやっていたんだ。何日も帰ってこないようだったら、ここの所轄に頼んで手配してもらうんだな」

「ぼくはなんだか、牟田が隠れているような気がするんです。表札も出ていなかったし」

「電話番号は彼の名前で加入していたし、一戸建の家に住んでいる。おれには隠れているようには見えないが」

「そうですか」

貞松の足取りは重そうだった。道原は、牟田辰之を慎重に追及すべきだと考えた。

ホテルに入ると、高知市の塩谷家に電話を掛けた。鏡川のほとりを歩いた朝を思い出した。

電話に出た涼子の母親に、牟田辰之という男を知らないかときいてみた。

「さあ……」

母親は受話器を耳に当てて首を傾《かし》げているようだった。

「勝史《かつふみ》さんが亡くなった時、連絡があった人の中に入っていないでしょうか?」

母親は、供物を受けた控えを見て返事をするといった。

彼女の返事は十分後にあった。涼子の奇禍《きか》を知って連絡をよこした人の中にもその名前は見当たらないという。

「おい、忘れていることがあるじゃないか」

窓辺に立って外の風を受けている貞松にいった。

「なんですか?」

「高知からあずかってきている写真があるじゃないか」

「そうでした。道原さんもうっかりしていたんですね」

「君がぼんやりしているんだ」

勝史のアルバムの中から抜いた八人の男の写真のことである。

「これを牟田の住まいの近隣に見せて、彼が入っていれば、牟田と勝史は知り合いだったことになる」

道原は舌打ちした。出張にきてほぼ十日になる。二人とも疲れている。だから脳のはたらきが遅鈍になっているのだ。これが何人もいれば誰《だれ》かが気付くし、捜査の分担もできるのだ。

「写真は東京でも役立つだろう。今度は忘れないようにしよう」

貞松はうなずいて、手帳の空いているページに印を付けた。高知からあずかってきた写真を持っているという覚書《おぼえが》きなのだ。

午後十時半になって牟田家にやっと電話が通じた。女の声だ。妻だった。

牟田辰之はまだ帰宅していなかった。

「事務所のほうですか？」

「仕事場はもう出ています。出版社の方と外で会っていますが、出先は分かりません。あのう、どちらさまでしょうか？」

道原は知り合いだといってとぼけ、仕事場の電話番号を忘れたから教えてくれといった。

「ミチハラさんとおっしゃいますと、どちらの？」

道原は、諏訪《すわ》といいかけたが、信州だと告げた。牟田の妻の声は若かった。彼女は、牟田はあした、午前十一時頃《ごろ》には仕事場に出ていると思うと答えた。

牟田の妻が、出版社の人と会っているといったことで、道原は塩谷勝史が勤務していた晶栄社を思い出した。

「牟田辰之は勝史の知り合いで、姉の涼子とはおれたちが想像したような関係じゃなかったかもしれないな」

「へんな想像をしたのは道原さんだけです。ぼくはいったじゃないですか。涼子はそんなふしだらじゃないって」

「おれは涼子をふしだらなんていった覚えはないぞ」

貞松はまた涼子の写真を出して見ている。どうやら彼は、死んだ彼女に好意を持ち始めてしまったらしい。

「酒を買ってきてくれ。それを飲んでこんやは早目に寝よう。あしたはなにか転換がありそうだ」

「牟田という男が犯人だったら、あした中に諏訪に帰れますね」

「君はなにか勘違いしていないか。牟田が犯人って、なにをやった犯人だ？」

「涼子をですよ」

「彼女は他殺って決まっていないじゃないか」

「やつが殺したって吐くかもしれません」

「もしそうだとしても、涼子の事件は木曾《きそ》署の管轄じゃないか」

「あ、そうか。こりゃ、まだ当分諏訪には帰れそうもないですね」

貞松は、肩を落として酒を買いに出ていった。

2

ゆうべの天気予報ははずれて、ホテルの窓に雨滴が伝い落ちていた。けぶるような雨だった。

隣のビルの屋上にハトが一羽じっとしている。

道原は木曾署の森口刑事に電話を掛けた。

去年の九月二十四日、牟田辰之が御岳山頂かその付近の山小屋に泊まっていないかを調べてくれといった。

「伝さんはバカに塩谷勝史や涼子の事件に熱心だね」

森口の口調は皮肉を含んでいた。

「涼子は勝史が、牟田という男と一緒に御岳に登ったんじゃないかと疑っていた節《ふし》があるんだ。御岳山頂の剣ヶ峰旭《あさひ》館、頂上小屋、それから王滝頂上小屋には泊まっていないことを確認した。そのほかの宿泊施設を頼む。牟田が泊まっていれば勝史の遭難にからんでいるとみて、涼子が調べていたことがはっきりする」

「牟田という男は、赤岳の殺人事件に関係があるんだね？」

「あるかもしれない。今内偵中でなんともいえない」

道原はごまかした。牟田辰之は涼子の線から浮かびあがった男である。赤岳で絞殺され、谷に投げ込まれた西岡万沙子《まさこ》に関係する材料は毛先ほどものぞいていないのだ。森口はまだなにかいいたそうだったが、道原は用件だけいって電話を切ってしまった。

彼はつづいて牟田辰之の仕事場へ電話を入れた。誰も出なかった。牟田の妻はゆうべ午前十一時頃には出勤しているといっていた。まだ十時前である。

貞松は、都内の電話帳で「牟田辰之」の番号をさがしていた。彼の名で仕事場が載っているかもしれないというのだ。

ゆうべ道原は、牟田の妻から仕事場の電話番号しか聞かなかった。知り合いだといいながら、所在地も知らないではおかしいからだ。

「ありませんね」

貞松は電話帳を閉じた。

「そうだ。勝史の同僚だった人たちが知っているかもしれないな」

晶栄社の実用図書編集部に掛けるとこの前会った湯川が答えた。

「あなたは、牟田辰之という名前を知っていますか？」

きいたことのある名前だといって、湯川は少しのあいだ沈黙した。

「前にうちで頼んでいたイラストレーターに同じ名前の人がいましたが……」

ってていた。

きのう牟田の自宅の前の家では、彼の職業をデザイナーだときいた覚えがあるとい

「イラストレーター？」

ってていた。

「その人は、塩谷勝史さんと仕事のことで接触がありましたか？」

「会社に時々きていましたから、会ったことはあると思います」

道原は、イラストレーター牟田辰之の仕事場を尋ねた。

湯川が答えた所在地は新宿区高田馬場だった。牟田の妻にきいた電話番号が合っていた。

「涼子さんは、勝史さんと牟田辰之さんが木曾で会っていないかをさがしていたことが分かったんです。なぜだか湯川さんには分かりますか？」

「涼子さんが牟田さんをですか？」

湯川には見当がつかないらしかった。

道原と貞松は同時に折りたたみ傘を広げた。直接、牟田辰之の仕事場を訪ねるつもりである。

塩谷勝史と牟田辰之は仕事上で知り合ったようだ。それなのに、勝史が遭難する前夜、涼子に電話で、「意外な人に会った」といったその人を、彼女はどうして牟田で

はないかと目星をつけたのか。勝史と牟田は仕事の上で知り合ったが、その後に二人の間に確執が起こり、それを涼子が知っていたということなのだろうか。

牟田辰之の仕事場は、高田馬場駅を早稲田《わせだ》大学方面へ一〇〇メートルほど進んだ雑居ビルの四階にあった。扉に「アトリエ・TM」と書かれた小さな表札が横に貼《は》ってあった。

若い男が一人いた。牟田は間もなく出てくるといわれたところへ、ドアが開いた。痩せた長身の男が、道原らを見て眉《まゆ》を険しくした。

「牟田辰之さんだね？」

「あなたは？」

「諏訪警察署の者だが、話をききたい」

牟田はうなずくと、若い男に仕事の指示を与えた。彼はメガネを掛けていなかった。室の中央に机が四基あり、書類やら雑誌やらが積まれていた。壁のホワイトボードには、スケジュールらしいものが乱暴な字で赤や黒で走り書きされていた。

道原は、この男にやっとたどり着いた気がした。ひょっとしたら塩谷涼子も、おんたけ旅館の宿帳に牟田辰之の名があるのをたしかめて同じ気持ちになったかもしれない。だが彼女は、その直後に木曽川で死亡している。

「外へ出ましょう」

牟田は、格子縞《こうしじま》の半袖《はんそで》シャツの脇《わき》にベージュ色のジャケットを抱えて先に立った。

道原は、牟田の面相骨格を観察した。

河内屋《かわちや》のユキ子は、「宮前尚夫《みやまえひさお》」を貞松と同じくらいの長身だが少し細身だといった。眼《め》の前でエレベーターを待つ男の背丈は、貞松よりも高かった。

駅の近くのビルにある喫茶店は空《す》いていた。

「牟田さんは、塩谷涼子という女性を知っているね?」

道原が切り出すと、牟田は宙に視線をとめて考える表情をした。

「ああ、思い出した。出し抜けにきかれたものですから、すぐには……」

「どういう知り合いかね?」

「塩谷勝史君といって、出版社に勤めていた人がいました。その人の姉さんなんです。塩谷君に紹介されたことがありました」

「塩谷勝史さんは、晶栄社に勤めていたが、去年の九月二十五日に木曾御岳で遭難した」

「そうです。転落したときききました」

「その時、あなたも御岳に登っていたね?」

道原はヤマを張って、牟田の反応を待った。貞松は猫背になって、牟田の顔をにらんでいる。

「ぼくは御岳山へなんか登りません。なにかの間違いです。刑事さんは人違いでぼくを訪ねておいでになっているんじゃありませんか」

牟田は、膝に置いたジャケットからタバコを取り出した。赤いパッケージだった。

道原は火をつける牟田の手元を見つめた。

「勝史さんが遭難したあと涼子さんは、あなたが御岳に登っていたんじゃないかと見当をつけてその証拠を調べていた。なぜあなたは彼女にそんなことをされなきゃならない？」

「彼女がですか？　ぼくには分かりません」

「そうかな。私はあなたのいうことが信用できない。勝史さんは御岳山頂の山小屋から、死ぬ前の夜、涼子さんに電話を掛けているんだ。誰かに会ったとね」

「それがぼくだというんですか？」

「そうだ。だから彼女は、あなたが御岳に登っていたという証拠をつかみたかったんだよ」

「塩谷君が遭難したからって、なぜぼくが彼女からそんなことをされなきゃならないんですか？」

「それを私たちは知りたいんだ。身に覚えがあるからだろ」

「ありません。なにかの間違いです。彼女がさがしていたというのは違う人です」

「違う人って、誰かね？」

「そんなこと知りません。彼女にきいてくださいよ」

「彼女にきけだって。あんたとぼけるのもいい加減にしなよ。塩谷涼子さんは、五月二十六日に木曾川で死亡し、次の日に遺体が発見されている。新聞にも出たしテレビでもやったはずだ」

「知りませんでした。ここのところ忙しくて新聞もろくに読めなかったものですから。今も仕事がたまって困っているんです」

「商売繁盛で結構なことじゃないか」

ここまでいっても、牟田は去年九月二十三日に木曾福島町のおんたけ旅館に泊まっていることを喋《しゃべ》らなかった。それを道原がつかんできてはいないだろうとみているのか。牟田にとってみれば、なぜ自分が塩谷姉弟と知り合っていたことを警察が突きとめたのかと、さかんに考えているに違いなかった。

「あんたは、木曾のどこで勝史さんと会ったのかね？」

「ぼくは彼となんか会っていません」

「そんなはずはない」

「どうしてですか？」

「あんたは去年の九月二十三日に、木曾福島のおんたけ旅館に泊まっているじゃないか。なぜそれをいわない？」

道原は左手を上着のポケットに入れた。重要なことをきく時これが癖になっている。

「ぼくだって旅行はします。木曾は好きですからよく行きます。たしかに去年の秋も行きました。それが今刑事さんがおっしゃった日だったかどうかは覚えていません」

「木曾では勝史さんに会っていないというんだね？」

「会っていません。彼が山登りをする日とぼくの旅行が偶然一致しただけでしょう。ぼくは彼が遭難したというニュースを知って、御岳山に登っていたのかと感慨深く思っただけです」

「それなのになぜ涼子さんは、勝史さんがあなたと登ったのだと見当をつけたのかねえ？」

道原もタバコに火をつけて天井を仰いだ。

牟田は足を組み直してテーブルの端の辺りに眼を落としている。

「あなたが去年の九月二十三日におんたけ旅館に泊まったのを、涼子さんが突きとめている。それで彼女はあなたになにかいったと思うが？」

涼子は、その直後に死亡しているのだが、道原はそれに触れずにきいた。

「なにもいわれていませんが」

「そりゃおかしいね。さんざん調べて、やっとあなたが泊まったことを確認した。それなのになにもいわなかったというのは……」

牟田は首を横に振った。なにかを振り払うようなしぐさだった。

「九月二十四日はどこにいたんだね？」

牟田は腕組みした。八か月あまり前のことを思い出そうとしている表情だった。

「妻籠《つまご》と馬籠《まごめ》の宿場跡を見物しました」

「どこへ泊まった？」

「中津川《なかつがわ》のホテルです」

「なんという？」

「そこまでは覚えていません」

「中津川にはそう何軒もホテルはない。だいたいどの辺だったかぐらいは覚えているだろ？」

「駅から少し離れたところです。入ってみたらラブホテルみたいでした」

「宿帳には本名を書いたかね？」

「そういう物を出されませんでした」

「それじゃ、その夜のアリバイはないということになるね」

「嘘《うそ》じゃありません。ちゃんと泊まっています」

牟田は、訴えるようにいって上体を傾けた。

「九月二十五日はどこにいたかね？」

「名古屋です」

「名古屋だけじゃ分からない」

「市内見物です。町をぶらぶら歩いたり、名古屋城を見たりしました」

「あなたは名古屋へ行ったのは初めてかね？」

「初めてじゃありませんが、取材のつもりで歩いたのは初めてです」

「その夜は？」

「東京へ帰りました」

「勝史さんは、あなたが名古屋市内をぶらぶら歩いているうちに、八丁ダルミから転落して死んだことになるね」

「そうでしょうが、ぼくには関係ありません。気の毒だとは思いますが」

牟田は、ライターをにぎってもてあそぶようにし、その手で頰《ほお》や鼻をこすった。

貞松は、メモを取るペンをとめると、凍ったように動かなかった。牟田にとっては貞松の据えた眼は気になるらしく、からだを斜めにしている。

3

喫茶店の客は絶えず入れ替っている。

「あなたは、涼子さんとは親しくしていたんじゃないのかね？」

「親しくなんかありません。塩谷君に紹介されたあと、新宿駅で偶然会いました。その時食事を一緒にしただけです」

「それはいつ頃かね？」

「もう一年以上前だったと思います」

「涼子さんがどこに住んでいたか知っていたかね？」

道原は、片手をポケットに突っ込んだまま矢継ぎ早にきいた。

「たしか、町田市だと思います」

「よく覚えているね。あなたは、そこへ行ったことがあるのかね？」

「いいえ。ぼくは……」

そんな間柄ではないというふうに、牟田は首を強く振った。その顔面は蒼《あお》く見えた。

「もう一つきく。先月の二十六日にあなたはどこにいた？」

「よく旅行しますから、何日にどこにいたかと急におっしゃられても……」

「十日ばかり前のことだよ。また木曾にいたんじゃないのかね？」

「木曾へも行きました」

「なに、行った……」

牟田があっさりと答えたものだから、道原はつい声を高くした。

「木曾へ行ったのは五月二十六日からだったかもしれません」

「なぜそうたびたび木曾へ行くんだね？」

「ある作家が、木曾の風景がしょっちゅう出てくる小説を週刊誌に連載しています。その挿絵をぼくが担当しているもんですから、取材で行くんです」

牟田は、耳にかぶった髪をなでた。

「二十六日はどこに泊まったのかね？」

牟田は、背を丸くして首を曲げた。真剣に思い出そうとしているように見えた。

「木曾川を渡った川縁で、山村代官屋敷の近くじゃないのかね？」

「そういえば、そんな立札が旅館の前に出ていました」

「木曾の風景を取材して歩いているのに、肝腎《かんじん》な場所を見逃しているんだね」

「小説は現代ものですから」

旧址《きゅうし》や史跡は眼に入らないということなのか。

「あなたが泊まった旅館は河内屋というんだ」

「そうでした。そんな名でした」

「たびたび木曾へ行くといいながら、泊まった旅館の名を忘れるんだね」

道原は皮肉をいった。牟田は鼻をこすった。

「一緒に泊まった女性は誰かね？」

「それは……」

牟田は眉間《みけん》に立てた皺《しわ》を深くした。

「奥さんじゃないね？」

「はい」

「河内屋では、同じ部屋に泊まった。奥さんに知れてはまずいだろうね」

「刑事さん。その人のことだけは勘弁してください」

牟田は膝の上で手を合わせた。

「その人がほんとうにあなたと一緒に泊まったかどうかを確認しないわけにはいかない。名前と住所だけはきかせてくれ」

「困るんです。その人には、ぼくと木曾へ行ったことは内緒にするという約束だったものですから」

「それはあなたたちの都合だろうが、私たちは捜査上、確かめなくてはならない。あなたがどうしてもいえないというんなら、私は塩谷涼子さんの変死事件に関係があるとみてあなたの身辺を徹底的に調べるよ。そうすれば一緒に泊まった女性のことも分かるだろう」

「ぼくは、涼子さんのことになんか一切関係ありません。一緒に行った女性のことはぼくのプライバシーです。いくら刑事さんでも、そこまで立ち入ることはできないはずです」

「そう思うんなら警察へ抗議すればいいじゃないか。あなたがどう訴えようと、私たちは必要なことを捜査する」

牟田は額に手を当てた。浮き出た冷や汗をそっと拭《ぬぐ》ったようにも見えた。

「あなたが河内屋で夕食を終えた頃、塩谷涼子さんは川に飛び込んでいる。飛び込んだといっても私はそれを自殺といっているんじゃない。おかしなことに、彼女も同じ時刻に食事していた。食べた物は河内屋がその夜出した物とまったく同じだった。まさかあなたは、涼子さんと二人で食事したんじゃないだろうね？」

「ぼくは涼子さんとそんな関係じゃありません。彼女が木曾に行っていたなんて知りません」

「そうかね。偶然が重なるものだね。弟の勝史さんが御岳へ登る時にあなたはその登山基地の木曾福島にいた。姉の涼子さんは勝史さんの遭難に疑問を抱き、誰かと一緒に登山したんじゃないかと、その同行者をさがし歩いていた。同行者がいたのに遭難を届出ないというのはおかしなことだからね。彼女はあれこれ考えるうち、あなたと同行したんじゃないかと見当をつけた。それで御岳の山小屋にあなたが宿泊していなかったかをきき回ったし、木曾福島の旅館でもそれをした。その甲斐《かい》が実って、勝史さんが入山する前夜、おんたけ旅館にあなたが宿泊していることを突きとめた。ところが彼女はその直後に木曾川で死亡した」

道原は、カップの底に残ったコーヒーを飲み干した。

「彼女が死亡した日にも、あなたは木曾福島にいた。あなたが、塩谷姉弟をまったく知らないんなら、これはただの偶然か因縁で片付けられるが、仕事の関係にしろなんにしろ、双方は知り合っていた。あなたはさっきいったね。新宿駅で涼子さんとばったり会って、二人だけで食事したこともあると。……誰にだって、他人に知られたくないし踏み込まれたくないプライバシーがあるぐらいなことは私たちだって承知している。だがね、牟田さん。事件に関係があったらそんなものは通用しないよ」

貞松が咳払《せきばら》いした。牟田の眉が動いた。

濡《ぬ》れた傘をビニール袋に入れた客が脇を通った。

「あなたが挿絵を描いているのはなんという週刊誌かね？」

道原は質問を変えた。

「週刊世代です。……出版社にもぼくのことをききに行くんですか？」

「あなたが隠し事をすれば、私たちはそれを解明しなくてはならない。困るかね？」

「なにをきくんですか、出版社で？」

「あなたと旅行し、同じ部屋に泊まることのできる女性は誰かを知るためだよ」

牟田はまた腕を組んだ。寒さをこらえているしぐさに似ていた。

「木曾へ一緒に行ったのは……、久我沢《くがさわ》いち子という女性です」

道原はその女性の住所を尋ねた。貞松が控えた。

「なにをしている人かね？」

「六本木のクラブに勤めています」

貞松が手帳に走らせるペンの動きを道原は眺め、しばらく黙っていた。牟田の答えたことを振り返ってみた。彼は、道原が質問したことだけをソツなく答えているようだ。きかれなければしらばくれるつもりでいるらしい。

「群馬県万場町の宮前尚夫さんとはどういう知り合いかね？」

道原は、牟田に顔を振り向けた。牟田は虚を衝《つ》かれたように上体を伸ばした。

「ぼくが、木曾福島の旅館で使った名前のことをおっしゃっているんだと思いますが、知り合いの名前を使ったんじゃありません。女性と一緒だったものですから、思い付きを宿帳に記入しただけです」

「思い付きか。同じ名前で年齢の近い人が実在するんだよ。それも偶然だろうかね」

「偶然です。そんな人をぼくは知りません」

「その人は私たちに疑われて迷惑していた。もっとも五月二十六日に木曾福島にいなかったことはすぐに分かったがね。……あなたは出身地はどこかね？」

「横浜市です」

「河内屋の宿帳には埼玉県川越市の住所が書いてあった。そこはどういう縁だね？」

「偽名を使ったものですから、住所も思い付くままを書いただけです」

「私たちはそこへも行ったよ。デパートの配送センターだったがね」

牟田はちょこんと頭を動かした。肚《はら》の中ではすまなかったといったのだろうか。

「あなたは、山登りをするんだね？」

「年に一、二回は」

「五月二十六日、河内屋には久我沢いち子という人と泊まったといったが、その時はどこへ登ったの？」

「山には登りません」

「山に登らない者が、どうして登山をする服装をしていたんだ。山靴を履いていたじゃないか」

「山じゃありません。高原歩きです」

「どこへ行ったんだね？」

「開田《かいだ》高原です。御岳山や中央アルプスを眺め、木曾馬の牧場を見ました」

「どこへ泊まった？」

「西野というところにある、やまぎ旅館です」

「そこはよく覚えているんだね」

道原は牟田の顔をにらんだ。

五月二十七日、牟田が久我沢いち子と開田高原へ行き、やまぎ旅館に泊まったのはほんとうだろう。

道原は顎《あご》をなでた。剃《そ》り残した髭《ひげ》が指に触った。

4

「今の男をどう思う？」

牟田辰之を喫茶店から帰すと、貞松にきいた。

「怯《おび》えているような態度が見えましたし、答えることがいい訳めいていてすっきりしません」

「おれはすっきりしないどころか臭《にお》ってしょうがない。牟田は、勝史が御岳に登る前の日も、涼子が旅館をきき回っている日も木曾にいた」

「涼子は、彼の名を出して山小屋や旅館を訪ねていますしね」

道原は、喫茶店の電話から万場町のゴルフ場へ掛けた。宮前尚夫は十分ほどすれば事務所にもどるといわれた。道原は、宮前を桑畑のある万場町に訪ねた日を思い出した。それは仙台市の西岡万沙子の実家を訪問しての帰りに、大宮から足を延ばしたのだった。

「宮前さんは、牟田辰之という人を知っていますか？」

道原は十分後にふたたびゴルフ場へ電話した。宮前は考えているらしく、しばらく黙っていたが、

「きいたことがあるような気がします。ひょっとすると、この前刑事さんにお話しした菊末惇也の知り合いじゃないでしょうか」

西岡万沙子が赤岳で殺された時、北アルプスへ行っていたと答えた男だ。新橋でハンドバッグの輸入をする小さな会社を経営している。

「宮前さんは、牟田辰之に会ったことがあるんですね？」

「はっきり思い出せませんが……。ゴルフをやりにきたのかな」

宮前の答えは自信なさそうだった。

思い出したら連絡してくれといって電話を切った。

「意外なところで菊末の名が出たな」

道原は、貞松の正面に腰掛けた。さっきまで牟田辰之がすわっていた場所だ。

「菊末と牟田は関係があるんでしょうか？」

「宮前が菊末に紹介されて牟田の名を記憶していたとしたら、当然二人は知り合いだ」

「菊末と牟田が知り合いという線は考えられますね。菊末と宮前は幼なじみです。菊末は牟田と会って、宮前の名を時々口にしていたかもしれません。それで宿帳に偽名を書く際、その名前を思い出したんじゃないでしょうか」

「考えられるな。よし、牟田の交友関係を洗ってみるか。その中に菊末が入っているかもしれない」

二人はまず、牟田辰之とともに木曾路を旅したという久我沢いち子に当たることにした。

霧のような雨に風が加わった。六月初旬だというのにうそ寒かった。半袖シャツの学生が傘の中で震えている。

久我沢いち子の住むマンションは大久保駅に近かった。入口に子供の自転車やオモチャの自動車が置きっ放しになっていた。どれも濡れている。

インターホーンに答えた女の声は若かった。さっき喫茶店を出て行った牟田は、久我沢いち子に、刑事が訪ねるだろうと連絡し、喋ってはまずいことを口止めしたかもしれない。

ドアを開けた女はブルーのスカートにクリーム色のブラウス姿だった。面長で色が白い。その顔を長い髪が縁取っていた。身長は一六〇センチぐらいか。道原は生前の塩谷涼子には会っていないが、眼の前にいる女性は涼子と顔の輪郭や体形が似ているようである。

「長野県警の者だが、どういう用事で訪ねてきたか分かるかね？」

久我沢いち子は、唇を小さく割ってうなずいた。牟田から電話を受けたのだ。

「正直に答えてもらいたい。あなたは五月二十六日にどこにいたかね？」

黒のハイヒールと赤いサンダルが脱いである玄関に立って、道原はきいた。

「木曾福島というところです」

「一人かね？」

「牟田さんと一緒です」

のどが荒れているような声である。

「東京から直接行ったのかね？」

「はい」

「どっち回りで行ったの？」

「どっちっていいますと？」

「東京から出たのか、新宿から出たのかだよ」

「新宿です」

彼女は二十六歳だというが喋り方は稚《おさな》かった。

「何時に発《た》って、何時に着いたのか正確に答えてくれないか？」

彼女は天井を見あげる眼付きをした。

「午後一時に発車したと思います。特急です。それから塩尻《しおじり》という駅で急行に乗り換えて、五時少し前に木曾福島に着きました」

貞松は彼女の答えを控えてから、時刻表を取り出した。彼女の眼が大きくなった。怯えに似た色が表情ににじんでいる。

「十三時発がありますね。『あずさ17号』です。それの塩尻着が十五時四十四分……」

そういってから貞松は久我沢いち子に向かって、

「木曾福島へ行く急行はすぐにきたの？」

と尋ねた。

「三十分ぐらい待ったと思います」

彼女の答えは合っている。名古屋行の「しなの24号」が塩尻を出るのは十六時十五分だ。木曾福島には十六時四十九分に着く。

「駅からすぐに旅館に行ったのかね？」

「駅前の喫茶店でお茶を飲みました。それからゆっくり歩いて旅館に入りました」

彼女は旅館の名を河内屋だとすらすら答えた。

夕食を摂《と》った時間などをきいたが、河内屋のユキ子がいったことと合っていた。翌日の行動は、さっき牟田からきいた通りだった。

「牟田さんとはいつ頃知り合ったんだね？」

「半年ぐらい前です」

「どこで？」

「わたしが勤めているお店のお客さんです」

「半年のあいだに一緒に旅行するほど親しくなったのかね？」

「旅行に連れて行ってもらったのは初めてです」

彼女は胸の前で指を揉《も》むようにした。

「木曾行きはどっちがいい出したの？」

「牟田さんは仕事で木曾へ行くと前からいっていました。それでわたしが連れていってといったんです」

「ほんとうだろうね。牟田さんに一緒に行ってくれって頼まれたんじゃないだろうね？」

「嘘じゃありません」

道原は質問を考えた。

「河内屋で、あなたと牟田さんは七時頃夕食をした。そのあと、牟田さんは外出しなかったかい？」

「ずっと部屋にいました」

「何時頃、寝たの？」

「十時頃だったと思います」

「ずい分早いんだね。眠ったのは何時頃だね？」

「十二時頃です」

「もう一度きくが、牟田さんはずっと一緒にいたんだね？」

「いました」

道原の手帳には、河内屋のユキ子がいったことが記してある。彼女は午後七時頃夕食を檜《ひのき》の間へ運んだ。一時間ほどして食事はすんだかと電話できいたところ、もう少し待ってくれと男が答えた。それから九時近くなって男から電話があり、食事がすんだといった。

ユキ子が部屋へ行くと、男は窓辺の椅子《いす》に腰掛けていて、女は風呂《ふろ》を使っていた。食器を廊下に出してから、床を二つ並べて敷いて退《さ》がり、その夜はそれ以降二人を見ていないといった。

「河内屋に入る時、あなたはどんな服装をしていた？」

「ジーパンに長袖のシャツです」

「色を教えてくれないか？」

「ジーパンはベージュ色で、シャツは赤です」

「そのジーパンとシャツは今も持っているだろうね？」

「あります」

道原は見せてくれといった。

「洗ったまま、突っ込んであるものですから」

久我沢いち子は、皺の寄ったシャツとズボンを持ってきた。

ジーパンはベージュ色といってもかなり薄い色だった。綿のシャツは赤の地で、黄色の細い格子縞が通っていた。

両方とも塩谷涼子が着ていた物と色や柄がそっくりである。特に珍しい物ではないが、これは偶然だろうか。道原は首をひねった。

涼子が着ていたと思われる赤いシャツは木曽川の寝覚《ねざめ》ノ床《とこ》近くで発見され、道原はそれを木曽署で見ている。それは上質な生地でできていた。久我沢いち子の持っているシャツは、どちらかといえば安物だった。

「あなたたちは木曽で写真を撮っただろうね？」

「はい。何枚も」

それを見せてくれというと、彼女はスリッパを鳴らして、奥へ引っ込んだ。スカートの裾《すそ》に伸びた足は白くて細かった。

写真は三十枚ほどあった。開田高原で撮ったもので、水車小屋、馬頭観世音、木曽馬のいる牧場などを背景にして、久我沢いち子が笑っていた。牟田辰之と肩を並べているのもあった。

「服装が違うじゃないか」

久我沢いち子は、ピンクのシャツにブルーのズボン姿である。裾にハイキングシューズらしいのがのぞいている。

「着替えたんです」

「ザックを背負っていないが？」

「牟田さんのリュックに入れてもらったんです」

どの写真にも牟田のザックは写っていなかった。

牟田と久我沢いち子が一人ずつのものと、二人が並んでいるのを借りたいというと、

「それをどうするんですか？」

といって彼女は不安な眉をした。

「あなたがほんとうに木曽へ行っているかどうかを確かめたいんだ」

「どうしてですか。わたしたちは行っています。嘘じゃないです」

「私たちがどういう捜査で訪ねているか、あなたは分かっているのかね？」

彼女は眼を丸くして首を横に振った。

「木曾川であなたと同じぐらいの歳《とし》の女性が妙な死に方をしたんだ。その人にあなたが似ているという人がいる。あなたはヘンな疑いをかけられたくないだろう」

彼女は写真の袋を胸に押し当てた。

道原には、彼女が何回も見せた怯えているような不安を露《あら》わにした眼付きが気になった。

雨はやんでいた。薄墨色《うすずみいろ》の雲がビルのあいだを流れていた。

「今の女は牟田に会うような気がしますが」

「牟田は、おれたちがあの女になにをきいたかが気になれば会うだろうな。後暗いところがなければすぐに会ったりはしないだろうがな」

「この辺で張り込んでみましょう。二人が会うところだけでも確認しておいたほうがいいと思います」

二人はビルの入口に立った。久我沢いち子がマンションを出てくれば見えるのだ。

第八章　愛情の換算

1

久我沢いち子が住む小さなマンションの前へ白い車がとまった。運転していた男が降りた。

「牟田ですよ、道原さん」

「彼は気になってやってきたんだな」

「あいつはやっぱり臭いですね」

牟田が出てきた。つづいて久我沢いち子が出てきて助手席に乗った。車は白い煙を噴いて消えてしまった。

道原らは尾行できなかったが、二人が会った事実を確認した。これからどこかで、刑事にきかれたことを検討するのではないか。

道原は木曾署の森口刑事に電話を入れた。

「御岳付近の宿泊施設を全部調べたよ。去年の九月二十四日に、牟田辰之という宿泊者はいなかった」

森口はそういった。

「おかしいね。前の日におんたけ旅館に泊まっている。だからおれは塩谷勝史と一緒に御岳に登ったとにらんだんだがな」

「伝さんの勘も鈍ったな。塩谷勝史はこの木曾福島で牟田辰之を見掛けたんじゃないのかい」

そうかもしれない。それで山頂に着いてから姉の涼子に、「意外な人に会った」と伝えたのか。勝史は「意外な人」に山で会ったとはいっていないようである。森口の推測が当たっているのかもしれない。

「五月二十六日、河内屋に宮前尚夫の偽名で泊まったのは牟田辰之だった。そいつに会っていろいろきいた」

「塩谷涼子と泊まったといったかね、その男は？」

「いや。六本木のクラブの女と同伴だ。その女にも会ったが、二人のいうことは辻褄《つじつま》が合っているんだ。疑問はまだたくさんあるがね」

「牟田辰之がクラブの女と河内屋に泊まっている以上、追及できないじゃないか。塩谷涼子はたしかにその男の宿泊を調べていたが、彼女の死亡とは無関係なんじゃないかな。彼女はやっぱり事故死だよ。酒を飲んでいたんだから、ふらついて川に落ちたとみていいんじゃないのかな」

道原は逆らわずに電話を終えた。

電話ボックスを出ると貞松の姿がなかった。近くの食堂のウインドーをのぞいて食事を考えているのではないかと、あたりに首を回していると道路の反対側から声が掛かった。

貞松は書店で手を振っていた。本を立ち読みしていたのだ。

「牟田が挿絵を描いている小説が載っていますよ」

貞松は、「週刊世代」を開いて見せた。

その小説は「歪《ゆが》んだ礼装」という題名である。作者は小竹清輝だった。この作家ならめったに小説を読まない道原も知っている。新聞の雑誌広告でもよく眼にする名前である。

「有名な人の挿絵も描くんだな」

道原は週刊誌を手に取った。

小説の一ページ目の絵は、髪の長い女性が椅子に腰掛けていた。背景は黒で塗り潰されている。次のページは、木の柵《さく》の中央に格子戸がはまり、それの右横に「妻籠本《つまごほん》陣趾《じんあと》」と筆字で書かれた札が下がっているものだった。

文章を読むと、若い女性が木曾路を一人旅していたが、妻籠宿では友だちの恋人にばったり会った。その男も一人旅だった。二人は民家風の喫茶店に入って話をする。男はきのう恋人と別れてきたと打ち明ける、という場面だった。

「木曾の風景が出てくる小説の挿絵を描いているというのは、ほんとうでしたね」

貞松は先に文章を読んでいたのだ。

「おい。この週刊誌は晶栄社の発行じゃないか」

「あ、そうですね」

「晶栄社へ行こう。この小説を担当している人に会えば、牟田の身辺データが拾えるかもしれないぞ」

道原は貞松に、「週刊世代」を買わせた。


晶栄社を訪ねるのは二度目である。受付で用件を告げると、四階の編集部へ上ってきてくれといわれた。

週刊誌の編集部は雑然としていた。窓を背にして大きな机があり、その正面からいくつかの机がくっついて伸び、変形のTの字を作っていた。そこで五、六人が机にうつ向いてペンを動かしていた。

窓際の大きな机にいたのが、週刊誌の裏表紙に編集人と刷られていた男だった。度の強いメガネを掛けている。

「小竹先生のことでしょうか?」

立ってきた編集長はメガネを光らせてきいた。

「この小説の挿絵を描いている牟田辰之さんのことを少々……」

「それでしたら、この上の階に文芸雑誌の編集部があります。牟田さんのことはそこのほうが詳しいですよ」

道原の周りでいくつかの電話が同時に鳴った。彼はせき立てられるようにそこを離れた。

週刊誌に比べて文芸雑誌の編集部は静かだった。ソファーに反って本を読んでいる人もいたし、小さな応接セットで額を寄せ合って話し合っている人もいた。壁際の棚には発行順に月刊雑誌がぎっしり並べられていた。

用件をきいて応接室に案内したのは、栗田《くりた》という三十代半ばの編集者だった。

「牟田さんは、実用図書のカットを描いたり、本のカバーデザインもやっていましたが、小説の挿絵を描くようになったのは一年半ぐらい前からです。うちの雑誌が初めて使ったんですが、めきめき売れるようになって、今ではいくつかの雑誌の小説に挿絵をつけています。小竹清輝先生には気に入られていますね」

「なぜ急に売れるようになったんですか?」

道原は、栗田の指でいぶっているタバコを見てきいた。

「もともと絵は上手《うま》かったんですが、挿絵も同業者が多いですから、雑誌などに載る回数が少ないとなかなか眼にとまりません。小説家の紹介があって有名になった人はいますが、牟田さんの場合も一つのきっかけがありました」

「それは？」

「奥さんが、うちの文芸担当役員の娘さんなんです」

道原は、ゆうべ電話できいた牟田の妻の声を耳によみがえらせた。高い声で歯切れのいい喋り方をした。

「牟田さんとは恋愛結婚でしょうね？」

「知佳《ちか》さんというんですが、女性向け雑誌でアルバイトしていたことがあるんです」

そこで牟田と知り合って親しくなったというわけか。

この前きた時は、塩谷勝史の同僚だった実用図書編集部の湯川と島崎に会ったが、その時点では牟田辰之は捜査線上に浮かんでいなかった。湯川も島崎も牟田のことなら知っていた。

「牟田さんが結婚したのはいつですか？」

「そろそろ一年になるんじゃないでしょうか？」

「栗田さんは、牟田さんの以前の女性関係を知りませんか？」

栗田は、さあ、といって首を曲げた。

「こちらの会社の実用図書編集部に塩谷勝史さんという人が勤めていたことがありますが」

「そうですか。同じ社でも実用図書のほうは、どうも……」

栗田は、長目の髪に手を当てた。

「その塩谷さんは去年の九月、木曾御岳に登って遭難したんです」

「それならきいたことがあります。それが塩谷という社員でしたか」

「塩谷さんの姉さんは、弟さんの遭難に疑問を持っていろいろ調べていました。涼子さんというんですが、彼女は五月二十七日に木曾川で水死体で発見されました」

「姉さんも木曾で……」

「私たちが調べたところ、涼子さんは牟田辰之さんを疑っていた節があります」

「なぜでしょうか?」

「勝史さんは牟田さんと一緒に御岳に登ったんじゃないかと、涼子さんはみていたようです」

栗田は額に指を突き立てるようにして考える表情をした。

「実用図書編集部なら、牟田さんと知り合う機会はありますね。それに牟田さんは登山をします。近頃は忙しくてあまり登れないでしょうが、前はよく行っていました。しかし刑事さん。一緒に山に登るんなら、誰かにそれを伝えておくんじゃないでしょうか？」

もっともな疑問である。

「勝史さんは単独で出発しました。山頂の山小屋から、姉の涼子さんに電話を掛け、『意外な人に会った』といっています。それが誰だかはいわなかった。翌日、転落死したんですが、涼子さんは、勝史さんが会ったといった人は牟田さんじゃないかと見当をつけ、彼がその日木曾にいたかどうかを調べていたんです」

「それが分かったんでしょうか」

「勝史さんが木曾福島に着いた日、牟田さんも同じ町にいたことが旅館の宿帳で確認されています。私たちは本人にそれを質《ただ》しました。認めています」

「一緒に山に登って、一人が遭難したら届出るのが当たり前ですね？」

「届出がなかったから、涼子さんは一緒に登った人を疑ったんです」

「なぜ届出なかったんでしょうかね？」

栗田は眼を光らせた。

「もう一つ妙なことがあります。涼子さんは牟田さんの宿泊を旅館で確認した直後、木曾川で死亡しているんですが、牟田さんもその日、木曾福島にいたんです」

「偶然ですね」

「偶然だと思いますか？」

「どういう意味ですか？」

「勝史さんに対して牟田さんがなにかで恨みを持っていたか、あるいは、涼子さんと牟田さんは以前交際があったんじゃないかと、私たちは考えているんです」

「牟田さんは、涼子さんという女性を知っていたんでしょうか？」

「勝史さんに紹介されたことがあり、その後二人で食事したこともあると本人からききました」

栗田は、宙になにかをさがすように視線を移動させていたが、

「刑事さんは、塩谷姉弟の死亡事故に牟田さんが深くかかわっているとみているんですね？」

「それで伺《うかが》ったんです」

栗田は腰を浮かした。自分の知らない牟田のことが分かるかもしれないから待ってくれといって、応接室を出て行った。

栗田はなかなかもどってこなかったが、若い女性がコーヒーを運んできた。テーブルに白いカップが四個置かれた。

2

栗田は、同年配の女性を伴ってもどってきた。

女性は肥えていた。道原に名刺を出した。磯部民子《いそべたみこ》とあり、部署は「サガン」編集部となっていた。道原もこの女性向け月刊誌の名前だけは知っていた。いつも外国人女性の顔写真が表紙になっていた。

牟田の妻知佳は、以前「サガン」編集部でアルバイトしていたのだという。

「牟田さんは、結婚してから今のように売れっ子になったそうですね?」

道原は磯部民子の丸い顔にきいた。

「まだ、売れっ子というほどじゃないと思いますが、高田馬場に仕事場も持てましたし、たしかに忙しくはなっています。それは知佳さんがお父さんにはたらき掛けたからだとわたしたちはみています」

磯部民子は、コーヒーのカップを取りあげた。

「知佳さんのお父さんが、こちらの会社の役員だということを、牟田さんは以前から知っていましたか?」

「ほかの人からきいて知っていたはずです」

牟田が仕事を欲しいばかりに知佳に接近したのではないかと、道原は磯部民子にきいてみた。

「そういう下心があったかどうかまでは知りませんが、知佳さんも彼に惹《ひ》かれたことは事実です。わたしに、牟田さんをどう思うかって相談をしかけたことがありますから」

磯部民子の横で栗田が、道原と貞松にコーヒーをすすめた。

「実用図書編集部にいた塩谷勝史さんと牟田さんが、親しかったかどうかを知っていますか？」

それは知らないと彼女は答えたが、

「刑事さんのおっしゃる塩谷涼子さんかどうかは分かりませんが、牟田さんにはお付合いしている女性がいたのは間違いありません」

「ほう」

「知佳さんから相談があったものですからわたしは牟田さんを呼んで、お付合いしている女性はいないでしょうね、ってきいたんです。牟田さんは、ずっと前にはいたけど今は無関係だといっていましたが、なんとなく歯切れの悪い返事だったのをわたしは覚えています。それでわたしは知佳さんに、牟田さんをじっくり観察したほうがいいってアドバイスしました」

しかし知佳は、牟田との結婚に踏み切った。

「知佳さんのほうが牟田さんに夢中になったというわけですね？」

「知佳さんは経験不足ですからね。男のほんとうの良し悪《あ》しなんか見抜けない人です」

磯部民子は、コーヒーを飲んだ口元を歪めた。

「牟田さんは、女性関係が複雑だったということだけじゃなさそうですね？」

道原は、彼女の顔を凝視した。

「前にうちの編集部にいた女性に、お金を貸してくれないかといったことがあるんです」

「まとまった金をですか？」

「金額は知りませんが、大金だったそうです。その人は四十近くで独身でした。親の資産が入ったりしてお金を持っているという噂《うわさ》はありました」

彼女の横から栗田が、誰のことかときいた。

「笹子《ささご》さんよ」

磯部民子は、眉間を一瞬険しくして栗田にいった。

「その人は、今どうしていますか？」

道原がきいた。

「うちの関係会社にいます。光栄出版《こうえいしゅっぱん》といって、有名タレントの本を主に出しています。そこの編集長で、笹子深雪《みゆき》さんといいます」

道原は光栄出版の所在地をきいた。晶栄社から歩いて十二、三分のところだという。

光栄出版が入っているビルは晶栄社とは比べものにならないくらい小さかった。

笹子深雪は度の強いメガネを掛けていた。身長のわりに顔が長い。

応接室に通されて、道原が牟田辰之のことできたというと、眉を吊《つ》りあげた。

「なにかやったんですね？」

彼女の声は男に似ていた。

「ある事件の参考人です」

彼女は、あらためて道原の名刺を摘まみあげ、

「長野県警の方ですか」

といった。

彼女は、牟田の身辺調査になぜ自分を訪ねたのかをきいた。

「笹子さんは、牟田さんとお付合いをしていたことがあったという話を耳にしたものですから」

道原は、晶栄社の磯部民子にきいてきたといわなかった。

「お付合いなんて……。そこまではいっていません」

「しかし、牟田さんをよくご存知ですね？」

「少しは……」

笹子深雪は、小振りのバッグからタバコを出した。白いフィルターに紅が付いた。

「牟田さんの奥さんは、晶栄社で働いていたことがありますが、その頃に笹子さんは牟田さんをご覧になっていたんですね？」

笹子深雪の顔付きは気が強そうである。巧《うま》く持っていかないとつむじを曲げて椅子を立つかもしれなかった。

「知佳さんが入ってくる前からわたしは牟田さんを知っていました。細かい仕事をお願いしていましたからね」

「笹子さんとは仕事だけのお付合いでしたか？」

道原は突っ込んだ。

笹子深雪はタバコを揉み消して、しばらく灰皿の位置に視線を落としていたが、

「彼から好きだっていわれたんです」

といって、顔を斜めにした。

「笹子さんは、どうだったんですか？」

「嫌いじゃありませんでしたよ。わたしより若い男の人からそういわれれば……わたしだって普通の女ですから」

道原はうなずいて、先を促した。

「わたしは彼にはっきりいったんです。結婚したいっていったら、あなたはその気になってくれるかって。そうしたら彼は、勿論《もちろん》だっていいました」

適齢期をとうに逸《のが》した彼女は、結婚に憧《あこが》れていたようだ。

「彼にそういわれても、わたしは安心できなくて、彼の日常生活や、交友関係を調べてもらったんです」

「民間の調査機関に頼んだ？」

「興信所です」

「その調査結果は、満足のいく内容でしたか？」

「あまり料金が高いものですから、途中で打ち切ってもらいました。そこまでの段階で、彼には親しい女性がいることが分かっていましたから」

「社内の女性でしたか、それは？」

「調査員は、何日か牟田さんを尾行したんです。そうしたら同じ女性と二度会って、そのうち一回はヘンな場所に入りました」

彼女は、人差指でメガネを押しあげた。

「そういう報告を受けたものですから、どこの誰かってきいたんですが、そこまではまだ確認できていないが、食事中の写真を撮ってあるというものですから、それを見せてもらいました」

「あなたが知っている人でしたか?」

笹子深雪は首を横にゆるく振った。大きな耳が見えた。牟田が会っていた女性は社員ではなかったのだ。

「その女性の身元をたしかめるには、もう一度か二度尾行しないと分からないといわれ、高い調査料を請求されそうだったものですから、打ち切ってもらったんです。若い女性と親しく付合っているような男と一緒になったところで、うまくいくわけがないと思いましたから、わたしは彼に、二度と好きだなんていわないで、っていいました。彼は、ほんとうにわたしが好きで、結婚してもいいっていったんじゃないんです」

「なにか目的があったんですね?」

道原は見当がついていたがきいてみた。

「情けない男なんですよ、彼は。その頃は今みたいに仕事がありませんでしたから、生活するのが精一杯の稼ぎしかなかったんです。わたしに寄り掛かろうとしたというよりも、甘い言葉を掛けてわたしからお金を引き出し、若い恋人ともうまくやっていきたかったんだと思います」

笹子深雪は深く息をした。

「その興信所が撮った写真は保存してありますか?」

「持っています。あとで知佳さんと仲良くなったってきいた時、よっぽどその写真を見せて彼女に注意してやろうと思いましたが、お節介なことをしたために、わたしが知佳さんから恨まれてはたまりませんから、放《ほう》っておくことにしました」

「写真はお住まいにあるんですね？」

「机にしまってあります」

「私たちが捜査している事件に関係のある女性かもしれない。ぜひ見せてください」

笹子深雪は室を出て行った。灰皿に赤くなったフィルターが立っていた。

「道原さん。その写真が鮮明だといいですね」

貞松が低い声でいった。

「知らない人だったというんだ。しっかり撮れているんだよ」

「ぼくは塩谷涼子のような気がするんですが……」

笹子深雪は白い封筒を持ってもどった。

写真は二枚あった。一枚はネオンの灯《とも》る繁華街、一枚はレストランの内部だった。牟田に並んでいる女性の顔を見て、道原は思わず口を開けた。横からのぞき込んだ貞松は小さく叫んだ。

牟田の顔に微笑を送っているのは、なんと西岡万沙子だった。

万沙子は友人にも母親にも、結婚したい人がいると話したことがあった。母親は仙台市の実家に連れてくるようにといった。万沙子はいずれそうするといいながら、それがどういう男性かを報告しなかった。

万沙子は、親友の塩谷涼子には詳しく話すか、あるいは紹介しているかもしれなかった。その男性は、牟田辰之のことだったのだろうか。

「この女性について、笹子さんは興信所の人からなにもきいていませんか？」

「牟田さんと会ったところを撮っただけで、名前も分かっていないといっていました」

「あなたは牟田さんに、この女性のことを追及しなかったんでしたね？」

「あの人と口を利くのも嫌になりましたから」

「ほかの交友関係について、興信所は調べていなかったんですか？」

「まず彼の素行を調べるために尾行したんですね。わたしがもっと調査をつづけてくださいっていえば、いろいろと分かったかもしれませんが、この女性と一緒にいる写真を見せられて、その気を失《な》くしてしまいました」

道原は、笹子深雪に写真を借りた。

牟田辰之の身辺から、赤岳で殺された西岡万沙子が浮かんでくるとは予想もしていなかった。

牟田と万沙子は、食事をするだけの仲ではなかったようだ。興信所の調査期間中に、二人は二度会った。そのうちの一度は、「ヘンな場所に入りました」と笹子深雪は語った。たぶんホテルを指しているのだろう。

「笹子深雪は賢明でしたね」

　光栄出版のビルを出ると貞松がいう。

「まったくだ。牟田の甘い言葉に乗って結婚でもしていたら、今頃どうなっていたか知れない」

「牟田は、今の女房が好きで結婚したんじゃないのかもしれませんね。笹子深雪の財産をねらったのと同じで、父親が晶栄社の重役だからですよ」

「それで思い付いたが、西岡万沙子の場合もそうかもしれないぞ。彼女の家は仙台市では屈指の老舗《しにせ》だ。彼女を籠絡《ろうらく》して金でも引き出そうとたくらんだんじゃないかな」

「牟田は悪い野郎です。万沙子と交際していながら、笹子深雪にモーションを掛け、彼女にフラれると、今の女房の知佳に近づいて、ついに結婚した。結婚していながら、クラブの女と旅行に行ったりもして……」

「久我沢いち子か」

　道原はつぶやいた。彼女をもう一度訪ねて、さっき牟田とどこでなにを話したのかを追及しようとも考えたが、彼の足は高田馬場へ向いていた。

3

途中で道原は捜査本部へ電話した。

西岡万沙子は五月二十日に、蓼科《たてしな》温泉の湯の滝ホテルに泊まっている。単独だった。そこに残っている宿帳の筆跡が彼女のものかどうかの鑑定結果が出ているはずだった。

「西岡万沙子の筆跡に間違いない」

小柳課長は答えた。

道原は、牟田辰之のプロフィールを簡略に報告した。

「意外な線から万沙子と交際のあった男が見つかったものだな」

さすがは道原だ、と小柳課長は持ちあげ、牟田を追及した結果を早く報告してくれといった。

道原は、牟田の仕事場である「アトリエ・TM」には行かず、近くから電話を掛けた。

「仕事に取りかかったばかりで、手を離したくないんですが」

牟田はいった。

「昼間からクラブの女に会ったりしているから、仕事が進まなかったんじゃないのかね」

道原がいうと、牟田は、えっ、といって口ごもっていた。妻が出てきているのかもしれなかった。

牟田は、短時間なら会ってもいいと答えた。近くにいる者の耳を意識した喋り方だった。

喫茶店に現われた牟田に、道原はいきなりいった。

「奥さんは、晶栄社に勤めていたんだね」

「そうですが……」

「その前はなんという女性と交際していたんだね？」

「どんな事件の捜査か知りませんが、どうしてぼくのそんなことが必要なんですか？」

仕事中に呼び出されたからか、牟田は午前中に会った時よりも険しい表情だった。

「長野県の山や川で若い女性が殺されたり、変死している。その事件を私たちは調べに出てきているんだよ。私がきいたことを答えてくれ」

午前中もそうだったが、牟田は視線を斜め下に向けている。

「短期間付合った女の子はいますが……刑事さんのおっしゃる事件には関係ないですよ」

「そうかね？」

道原は、西岡万沙子の部屋から持ってきた彼女の写真を、牟田のコーヒーカップの横に置いた。

「よく知っている人だね？」

「何回か会ったことがあります」

「名前はなんていうんだね？」

「ええと。……西岡さんだったと思いますが」

「だったと思う？　その程度の間柄じゃないじゃないか。隠したってダメだよ。西岡万沙子さんが二週間前にどうなったか、あんたは知っているだろ？」

「どうなったって、なんですか？」

「どこまでもとぼけるんだね。彼女は赤岳で死亡した。首を絞められ、そのうえ谷に放り込まれた。新聞にも大きく載ったじゃないか」

「見落としました」

「とても読む気になれなかったんじゃないのかね？」

「ほんとに知りませんでした」

「万沙子さんが登山をすることは知っていたかね？」

「きいたことはあります」

「一緒に登ったことがあるんじゃないのか？」

牟田は強く首を振った。

「じゃ、きくが、五月二十二日はどこにいたのかね？」

牟田は宙に視線を泳がしてから、小型ノートを出した。

「家で仕事していました。挿絵の仕事がたまっていたものですから、二十日の土曜に家に持って帰り、二十一日は徹夜で描きました。午後起きて、また描いていました」

「それを証明できる他人はいないかね？」

「他人ですか？」

「奥さんはいただろうが、身内の証言は証拠にならない」

「まるで、犯人扱いですね」

「そういうふうにきこえるかね？」

道原は、左手を上着のポケットに突っ込んだ。牟田は視線を逃がした。

「仕事場で使っている者が知っています。家に電話を掛けてきていますから」

けさ訪問した時に会った若い男のことだろう。貞松がその男の名をきいて手帳に控えた。

道原は自分の手帳をめくった。西岡万沙子は、五月二十日に住まいを出発し、その夜は蓼科温泉の湯の滝ホテルに泊まった。翌二十一日は予約したハイヤーで美濃戸口《みのとぐち》まで行っている。これは捜査本部が、ホテルとハイヤー会社から確認を取っているのだ。

彼女は単独で赤岳を目差して登り、その夜は赤岳頂上小屋に宿泊した。そして二十二日の朝、絞殺され、午前十一時頃に天狗《てんぐ》尾根の鞍部《あんぶ》から西側の谷に放り込まれている。これを滝口誠次というカメラマンに目撃されたのだった。

牟田辰之が五月二十二日に、埼玉県新座市の自宅にいたのが事実なら、彼は犯人ではない。

道原は、ポケットから出した右手を頰にあげた。

「久我沢いち子さんとは、どんな打ち合わせをしたんだね？」

「打ち合わせなんかしていません」

「彼女を車に乗せて出掛けたじゃないか」

「食事しただけです」

「いつも彼女と一緒に昼食を摂るのかね？」

牟田はたぶん、まずいところを刑事に見られたものだと思っているだろう。

「仕事が忙しいだろうから帰っていいよ。ききたいことがあったらまた呼び出すから」

「刑事さんに疑われるようなことを、ぼくはなにもしていません。事件が起きた日に偶然木曾にいたり、遭難者とたまたま面識があっただけです」

それをいちいち疑われるのは迷惑だといいたげな顔をして、牟田は喫茶店を出て行った。

「アトリエ・TMの小早川《こばやかわ》という男から、五月二十二日の牟田のアリバイを確認しましょうか?」

貞松は、牟田の後姿を見送った眼でいった。

「今すぐじゃ、その男に気の毒だ。呼び出せばおれたちに会うことが見え見えだよ。なにを喋ったかと雇主の牟田から白い眼で見られる」

「じゃ、帰りを張り込むことにしますか」

「その前に久我沢いち子を攻めよう。彼女は牟田からアリバイ工作を頼まれたような気がするんだ。彼女のほうから旅行に連れて行ってくれといったんじゃないかもしれない。おれたちの捜査を知って、牟田は彼女に口止めしたはずだ。二人で出掛けるところをおれたちに見られたと思っていなかったからな」

「一日のうちに二度も訪ねたら、あの女はびっくりしますよ」

貞松は、なんだか楽しそうにいって、レジの前へ立った。

予想しないことが起こった。いや、注意していればこんなことにはならなかったのだ。捜査の先を急ぐあまり、重大な情報源を逃がしてしまった。

久我沢いち子が引っ越していた。わずか四時間ほどのあいだに、彼女はトラックを呼んでマンションの部屋を引き払ってしまった。

「久我沢いち子さんは、なんといってきましたか？」

道原は、近くに住む家主に尋ねた。

「急に移転することになりましたと電話が掛かってきました。何日にですかときいたらきょう中に出て行くっていうんです。それでマンションへ行ってみたら、もうトラックに荷物が積んでありました。おかしいと思ったら、やっぱりなにかあったんですね」

刑事が訪ねたから、主婦はそういった。

「トラックはどこの運送店のか分かりますか？」

「たびたび眼にする有名な会社じゃありませんでしたから……」

久我沢いち子は、後日連絡するが、光熱費などは入居の際納めている敷金で精算してくれといったという。

道原と貞松は、彼女の部屋を見せてもらった。着古した物やわずかな食料品が段ボール箱に放り込まれていた。その中には割れた手鏡もあった。

「運送店以外の男がきていたでしょう？」

「作業服姿の若い男の人が二人いましたが、そのほかには誰もいませんでした」

道原は、牟田辰之の年齢と体格をいったが、そういう人はいなかったと主婦は答えた。

牟田が彼女を逃がしたのだ。

「いよいよ、やつは怪しいですね」

貞松の眼が輝いた。

道原の頭は熱くなった。牟田に電話を掛けた。

「えっ。ほんとですか？」

牟田はいった。

「どこまでとぼけるんだね。彼女をどこに逃がしたかいってくれ」

「知りません。さっきは、そんなこと一言もいっていませんでした。ぼくはほんとうになにも知りません」

「あんたが行先を知らないというのがほんとうなら、彼女はあんたが恐《こわ》くなったんだ。あんたがなにかの事件に関係していると勘付き、私たちにいろいろきかれると思ったからだ。あんたはさっき、彼女を車で連れていって、今後警察にきかれたら、こういえ、ああ答えろと指示しただろう。彼女はあんたからも逃げたんだ」

牟田は黙っている。そばに妻がいるに違いない。従業員の小早川もいるはずだ。

牟田は、久我沢いち子を抱き込んで犯罪の片棒をかつがせたのかもしれない。そうだとしたら、牟田の工作は失敗だ。彼女を使ったのは人選ミスである。

「でも、トラックを呼んで荷物を運び出すことは簡単でしょうが、移転先がそんなに早く見つかったでしょうか？」

貞松のいう通りだ。

久我沢いち子が前々から移転の準備をしていたのなら、その日をきょうにしたということになるが、刑事の訪問を受けた直後に出て行ったところをみると、彼女には一時身を寄せる場所があったか、牟田の手引きかということになりそうだ。ひょっとしたら牟田は、彼女を引っ越させるために、さっき車で連れ出したのかもしれない。

「牟田をもう一度絞めますか？」

「小早川という男をつかまえよう。牟田のアリバイが崩れれば、喫茶店なんかで話をきかないで、捜査本部へ連行できる」

二人は三たび、高田馬場へ足を向けた。

雨はあがった。勤め帰りの人や学生風の男女の列が、傘を提げて駅に吸い込まれて行く。

第九章　歪んだ岩稜

1

牟田《むた》のアシスタントの小早川は、貞松《さだまつ》に呼びとめられると、頬《ほほ》を強張《こわば》らせた。七時過ぎだった。

三人は、高田馬場駅のガードをくぐったところの喫茶店に入った。道原の腹は鳴り出していた。コーヒーよりも腹にたまる物を食べたかった。

「牟田さんは、まだ仕事場に残っていたかね？」

「奥さんと一緒に仕事をしています」

「忙しそうだね？」

「ここのところ、仕事が立て込んでいます」

小早川は貞松よりも若そうに見えた。

「仕事は順調に進んでいるかね？」

道原は、ミルクを頼んだ。空腹時にコーヒーを飲むと胃が痛むことがある。貞松はなんともないといっている。

「ぼくが帰ってからも、牟田さんはやっていますから、そんなに遅れるようなことはありません」

「牟田さんは、自宅で仕事をする日もあるのかい？」

「たまに持ち帰って、徹夜で描くことがあります」

五月二十二日のことを覚えているかと、道原はきいた。

「なにかあった日でしょうか？」

小早川はせわしなくまばたいた。

「仕事場に出てきていたかどうか、思い出してくれないか」

「五月二十二日というと、月曜ですね」

小早川は、出版社の刻印の入ったダイアリー式の手帳を見ている。

「牟田さんは、二十日に仕事を自宅に持ち帰り、二十一日は徹夜で絵を描き、二十二日は午後起きて、また描いていたといっているんだが？」

「そうです。たしかに二十二日は出てきませんでした。この日は、ぼくが出版社へ届け物に行ったり、別の出版社の人が仕事場にきたりして、結構忙しかったんです」

「その日、あなたは牟田さんと電話で話をしたかね？」

「話した覚えがあります」

「間違いないかね。この日のことは重要なんだよ」

「間違いありません。出版社の人の話を牟田さんに伝えています」

それなら、牟田が答えたことと合っているし、彼にはアリバイがある。同時に、西岡万沙子《まさこ》殺しの犯人ではないということになる。

西岡万沙子か塩谷涼子という名前を耳にしたことがあるかを小早川に尋ねたが、彼は知らないと答えた。

「牟田さんは、あなたになにか口止めしなかったかい？　私たちはきょう彼に二度会っている。あなたにも会うだろうと彼は予想していたはずだが」

小早川は首を横に振った。帰る際にもなにもいわれなかったという。

牟田は、刑事にどこをつつかれようと、事件には無関係なのだから平気だという自信があるのだろうか。いやそんなはずはない。道原らがけさ会ったあと、彼は久我沢《くがさわ》いち子に電話を掛けている。彼女を道原らが訪ねたあと、彼は彼女をどこかに車で連れ出しているではないか。

久我沢いち子の突然の引っ越しは、彼の差し金かもしれないのだ。

道原と貞松は、小早川と別れると六本木へ向かった。久我沢いち子が勤めていたクラブを訪ねるのだ。

そのクラブは「リンクス」といって、ビルの地階にあった。

「いち子さんはお休みしたいといって電話がありました」

黒の蝶《ちょう》ネクタイのマネージャーが出てきて答えた。

「迷惑は掛けないから、店の中を見せてくれないか」

ホステスは十七、八人いるという。道原はフロアを見渡した。赤や緑のドレスを着たホステスが一斉に、「いらっしゃいませ」といってこっちを向いた。

いち子は見当たらなかった。マネージャーがいったことはほんとうだった。

「何日休むといっていましたか?」

「きょうだけだと思います」

「いち子さんは、きょう急に引っ越した。どこへ移ったかいっていましたか?」

「きいておりません。引っ越したんですか。それは知りませんでした。彼女、なにもいいませんでしたから」

道原は、移転先の心当たりをきいた。マネージャーは見当がつかないといってから、和服の女性を招《よ》んだ。咽《む》せるような匂《にお》いがただよった。ママだった。

「いち子さんが出てきたらきいておきます」

ママは四十歳ぐらいだった。

「もう出てこないかもしれない」

ママとマネージャーは顔を見合わせた。

「いち子さん。なにをやったんですか？」

ママは胸の前で手を揉《も》んだ。

「それは話せないが、ある事件の参考人です。私たちから彼女が逃げたとしか思えない。彼女と親しいとか、身辺をよく知っている人はいませんか？」

客が帰ったらほかのホステスにきいてみる、とママは答えた。道原は、午前零時に電話をすることにして、ママの名刺を受取った。

「いち子さんの五月の出勤状態を調べてくれませんか？」

マネージャーが大学ノートを持ってきた。

「二十六日と二十七日は出勤していますか？」

「二日ともお休みです」

「理由は？」

「旅行するといっていました」

久我沢いち子は、二十六日に木曾福島町《きそふくしま》の河内屋《かわちや》に牟田辰之《たつゆき》と泊まっている。二十七日は二人で開田高原に遊んだ。その夜はやまぎ旅館に泊まり、二十八日に帰京したといっている。開田高原で撮った写真を道原は借りている。彼女と牟田のこの旅行はほんとうだろう。

この間の二十六日の夜に、塩谷涼子が木曾のどこかで水死した。遺体で発見されたのが木曾川の大桑駅近くだったから、彼女が上流で川に入ったのは間違いない。

塩谷涼子は、二十五日に御岳の山小屋に泊まり、二十六日に下山した。だから木曾福島にいたものと道原は読んでいる。彼女は、木曾福島のどこかで木曾川に落ちたのだ。

道原の頭にひっかかるのは彼女が下山した二十六日の夜、かつて彼女と接触のあった牟田が木曾福島町の河内屋にいたことであり、その旅館の夕食のメニューと彼女の胃中にあった食物が一致している点である。

涼子が死亡した同時刻、牟田の腹を裂いてみたら、まったく同じ物が出てきたはずである。

木曾署の森口刑事は、旅館はどこも同じような夕食を出すものだといったが、道原は納得できないでいる。

道原と貞松は、ホテルに帰った。捜査本部に電話を入れた。小柳課長が居残っていた。

「群馬県万場町の宮前尚夫《みやまえひさお》という人から電話があった。自宅にいるから連絡してくれというんだ」

道原は、牟田と旅行をともにした久我沢いち子が急に引っ越したことを報告した。

「そりゃ、牟田が逃がした可能性があるな。そのことで牟田を追及してみたかね？」

「知らないといっています。とぼけているようじゃないんです」

小柳課長との連絡を終えると、宮前尚夫の自宅の番号をプッシュした。宮前が直接受話器をあげた。道原からの連絡を待っていたようだった。

「牟田辰之という人は、やっぱり菊末《きくすえ》とゴルフにきていました」

宮前は、ゴルフ場のフロントの記録を調べたのだという。

「菊末は、東京で親しくしているデザイナーだといって、ぼくに紹介したことを思い出しました」

「二人だけできたんですね？」

菊末惇《じゅん》也《や》は、昨年の十一月、牟田と二人でプレーを楽しんで行ったのだという。

これで、菊末と牟田が知り合いだということがはっきりした。しかも二人とも登山をやる――。

「牟田が河内屋で、宮前尚夫という偽名を使ったいきさつがこれで分かりましたね」

貞松だ。

「偽名を使う段になって、とっさに宮前を思い出したんだな。偽名というのは、どこかに自分と縁のある名を使うというが、ほんとうだな」

「あしたはまた菊末に会いましょう。彼は牟田について詳しいかもしれません」

菊末は、牟田を伴って郷里のゴルフ場へ行き、そこに勤めている幼なじみの宮前を紹介した。のちに牟田が、女と泊まった旅館で、宮前の名を使用したことなど知らないだろう。

道原にとって、菊末は気になる男である。西岡万沙子や塩谷涼子との接触は認められないが、話しているあいだ、時として強い眼《め》をしたり、逆に怯《おび》えに似た表情も見せた。

それに彼は、万沙子が殺害された五月二十二日に山にいた。二十日に入山したという。北アルプスだといっている。北アルプスだけでは証拠にならないから、どこに登ったのだときいたら、涸沢《からさわ》にテントを張り、北穂高岳へ登ったのだと答えた。彼は単独だという。現地で知り合いに会ってはいない。涸沢は大キャンプ場だ。そこに菊末がテントを張っていたと証明する者は一人もいないのだ。

しかし、涸沢で露営し、北穂に登ったのだと主張されると、それを覆す材料が道原のほうにもなかったのである。

だが今度は、牟田辰之という材料が手に入った。西岡万沙子と塩谷涼子の事件に、菊末は無関係かもしれないが、牟田の身辺データを取りに訪ねることができる。菊末は、牟田の女性関係に詳しいかもしれないのだ。

六本木のクラブ「リンクス」に電話した。まだ客がいるらしく、男女の話し声が入った。

「女の子にきいてみましたら、心当たりがないこともないから、あしたそれとなく当たってみるといっています。あしたの晩八時頃《ごろ》にはわたしここへ出てきておりますので」

ママだった。久我沢いち子には知られないように確認してもらいたい、と道原は念を押した。

ママは承知しているといったが、全面的に信用はできない気がした。道原の今までの経験から、水商売の人は警察を忌避する傾向がある。事件にかかわりたくないから、心当たりをさがしたが、分からなかったと答えるかもしれなかった。

道原は、せまいベッドの上でふくらはぎを揉んだ。きょうはあちらこちらとよく歩いた。足の甲が腫《は》れているようだ。

2

新橋の星山商事を訪ねた。仁科美和《にしなみわ》だけがいて、机を拭《ふ》いていた。

「社長は寄り道してきますから、十一時頃になると思います」

彼女は、奥の応接セットに案内し、

「一つ思い出したことがあります」

といって、自分の机にもどった。

彼女はバッグの中からカラー写真を二枚出した。

「これは……」

「誰《だれ》かくるといけませんから、早くしまってください」

彼女の頬は緊張していた。

二枚の写真は、以前菊末が山行から帰ってきて社員に見せた中にあった物だという。菊末はそれを忘れてしまったのか、彼女にあずけたままになっていた。

道原は、手帳にはさみ込んだ写真をあらためて見つめた。サングラスを掛けた菊末が雪渓にピッケルを突いて立っていた。もう一枚のほうは、黄色いテントから首だけだしているところだった。

「この前、刑事さんが社長に、テントは何色かとおききになっていましたね。社長はグレーだと答えていました」

「その通りです」

貞松が横でいった。

道原は仁科美和に礼をいった。

「私たちは十一時過ぎに出直してくる。あなたが一人きりの時に会ったことが分かると、菊末さんはなにか勘繰《かんぐ》るかもしれない。私たちがきたことは黙っていなさい」

道原と貞松はビルの階段を駆け下りた。

「彼女はいい物を思い出してくれましたね」

貞松の眼は光り、頬は赤かった。道原の顔も火照《ほて》ってきた。

赤岳の天狗《てんぐ》尾根で絞殺され、谷に投げ込まれた女性がまだ西岡万沙子だと確認される前、三人パーティーのリーダーから捜査本部に通報があった。五月二十二日、赤岳目差して真教寺尾根を登っていた午前九時頃、小天狗、大天狗の鞍部《あんぶ》に一張りの黄色いテントを認めたというものだった。

捜査本部ではこの通報を重視した。そこはキャンプ場ではないし、一般登山者はめったに行かない場所である。したがって、万沙子はその黄色いテントの中で殺され、午前十一時頃、真教寺尾根とは反対側の谷に投棄されたのではないかと推測された。

そのテントの主は重要だったが、名乗り出る者はおらず、付近の山小屋や前日の宿泊者に問い合わせたが、天狗尾根にいた者の特定はできなかった。

道原はこの前星山商事を訪ねた際、黄色のテントのことが頭にあったから菊末に持っているテントはどんな色かと尋ねたのだ。

仁科美和がいうには、黄色のテントとともに菊末が写っている写真は去年の初夏だった。ちょうど一年前の山行ということになる。山具のうちで、テントはそうそう破損する物ではない。菊末は最近までそのテントを持っていて、赤岳の天狗尾根に張ったのではないのか。

「菊末が西岡万沙子を知らなかったというのは、嘘《うそ》になりそうですね」

「菊末と牟田は知り合いだった。牟田は万沙子と付合っていた。それもタダの仲じゃなかった。菊末はそれを知っていたかもしれないし、複雑な関係があったとも考えられるな」

「そろそろ星山商事へ行きましょうか。菊末がどんな顔をするか、見たいものです。それにしても、仁科美和はよくわれわれに協力する気になりましたね。社長の菊末がなにかやっていたら、あの会社は立ち行かなくなりますよ」

「彼女は三年間、菊末を観察していて、もしかしたら、商売のうえでも、警察に疑われてもしかたがないと思うようになっていたかもしれない。つまり商売のやり方にも危険な部分があるんじゃないのかな。菊末がもし警察沙汰《ざた》になったら退職するつもりなんだよ」

「要するに、星山商事には魅力がなくなったんですね」

二人は、ふたたび星山商事への階段を踏んだ。

菊末惇也は、青い縞《しま》の通ったワイシャツ姿でいた。

「またなにかご不審でも？」

彼は椅子《いす》をすすめていった。視線は道原と貞松の間を往復した。

「私たちが深い疑惑を持っている人と、あなたは知り合いだったんですね」

「誰のことでしょう？」

「牟田辰之さんです」

菊末のこめかみが動いたのを道原は見逃さなかった。

「牟田君が、なにか？」

「この前伺った時、私はあなたに、木曾の旅館に宮前尚夫という偽名で泊まったことはありませんかとききました」

「覚えています」

「宮前尚夫というのはあなたの幼なじみだが、その偽名を使ったのが、牟田辰之さんだったことが分かりました。本人もそれを認めた。なぜ偽名を使ったのかをきいたところ、彼はクラブの女性と一緒に泊まったからだと答えました。彼が偽名で泊まった夜、彼の知り合いの女性が木曾川で死亡している。塩谷涼子さんという人です。塩谷さんは、木曾御岳の山小屋や、山麓《さんろく》の旅館で、去年の九月二十三日か二十四日に牟田辰之という人が宿泊していないかをさがし歩いていた。なぜそんなことをしていたのか、菊末さんは分かりますか？」

「分かりません。私は刑事さんがおっしゃった塩谷なんとかいう女性を知りませんし」

「そうかな?」

「ほんとうです。牟田君がどういう女性と付合っていようと、私には関係がありません」

「塩谷涼子さんの弟が去年の九月に御岳で遭難した。その前日に彼は姉の涼子さんに電話で、『意外な人に会った』といっている。涼子さんには『意外な人』の見当がついたんだ。それは男で、該当者は二人いた。その一人が牟田辰之さんだった。彼女に名前をきかれた山小屋の人たちは、牟田さんの名を断片的に記憶していた。それは比較的簡単な名前だったからだ。ところが彼女が質問したもう一人の男はめったにない名前だった」

「………」

「彼女は、菊末惇也という人は泊まっていないかときいたんじゃないかと、私は見当をつけた。あなたと牟田さんが遠方までゴルフをやりに行くほど親しいことが分かったものだからね」

「刑事さんの当てずっぽうです。牟田君と親しかった時期があったのは認めますが、彼と付合いをしていた女性や、ましてその人の弟さんと私が関係があったなんて、いくらなんでも、考え過ぎで見当はずれもいいとこですよ」

菊末はいって、額を指でこすった。緊張した時の彼の癖のようだ。顔半分が隠れている。

「そうかね。じゃ、当てずっぽうや見当はずれでないことをいおう」

「………」

「あなたが五月二十日に涸沢へ背負って行ったテントは、黄色じゃないか。なぜこの前は嘘をいったんだね？」

「嘘なんか。……私が持っているテントはグレーです」

「そのテントは、いつから使っている？」

「去年です」

「何月からか正確に答えてくれないか？」

「毎年、五月か六月の新緑の時季に山に入ります。ですから、その前です」

「間違いないね？」

「私は嘘なんかいっていません」

「テントは一つしか持っていないね？」

「グレーのテントを一つだけです」

「そのテントを、今すぐ見せてくれないか」

「山の用具は自宅です」

「それはそうだろう。一緒に大田区丸子のマンションへついて行くよ。早く支度してくれ」

菊末は唾《つば》を呑《の》み込むように顎《あご》を引いた。顔は蒼《あお》く、頬は痙攣《けいれん》していた。上着を着た菊末を促して立つと、仁科美和は、壁際のワープロに向かって顔を伏せていた。菊末は、彼女の背中に、

「ちょっと出掛けてくるから」

と、弱々しい声を掛けた。彼女は鶯色《うぐいすいろ》のスカートの腰を浮かせた。

道原は、貞松がとめたタクシーに菊末を押し込んだ。


菊末はマンションの部屋でゴトゴト音をさせていた。山具をしまってある箱でも開けているふうだった。その間、道原と貞松はせまい玄関に立たされた。

菊末はグレーの布袋を提げてきた。小型のテントである。

「これはどこで買った?」

「メトロスポーツです」

スキーや山具の専門店だ。それの本店は新宿にある。

「去年の新緑の時季に山へ登るためにこれを買ったと、さっきいったね?」

「その通りです」

菊末の返事をききながら、貞松がテントを袋から引き出した。あちこちに汚れが付着し、小さな穴も開いていた。しかし、シートは新しかった。

「あんたはついに馬脚を現わしたな」

道原がいった。

「どういうことですか？」

菊末は両手をだらりと下げて蒼い顔をした。

「あんたは去年の五月半ばに涸沢へ行った。そこで張ったテントは黄色だった」

「そんなことはありません。これを使いました」

「いくらあがいたってダメだ。あんたが涸沢で黄色いテントを張り、その前で写真に写っているじゃないか。そのテントを今回も赤岳で使ったんだろ。赤岳の天狗尾根に張った黄色いテントを目撃している人がいるんだ。一人じゃない。真教寺尾根を五月二十二日の朝、赤岳に向かって登っていたパーティーだ」

「私はそんなところへ登っていません。その日は涸沢から上高地へ下っていました」

「赤岳の天狗尾根から谷に放《ほう》り込まれた西岡万沙子さんをあんたが知らないんなら、そのいい訳は通じるかもしれないが、牟田辰之さんと知り合いだった以上、あんたが万沙子さんを知らなかったとはいわせない。牟田さんを通じて彼女と知り合っていたんだろ？」

「牟田君と知り合いだったことは認めますが、西岡さんという女性は知りません」

「じゃ、去年の春山で使った黄色のテントのことはどういい訳する？　私らは、あんたが涸沢で黄色のを使った証拠を持っているんだよ」

「それは人のテントの前で撮った写真のことをおっしゃっているのだと思います。私はこのテントを使いました」

「人のテントって、それは誰のだね？」

「知らない人です。涸沢で私の近くにテントを張っていたので、私のカメラで撮ってもらいました」

「知らない人じゃ証明にならない。このテントは借りて行く。押収だ」

「令状もないのに、そんなことをしていいんですか？」

菊末は拳《こぶし》をにぎった。

「文句は捜査本部へいってくれ。なるべく出向いて抗議したほうがいい。私たちの手間がはぶける」

貞松は、袋に詰め直したテントを脇《わき》に抱えた。菊末を部屋に残して、道原らはマンションを後にした。

メトロスポーツは、一階と二階が山具だった。まず、山靴の匂いが鼻にきた。テントやシュラフの売場は二階だった。フロアにさまざまな大きさのテントのサンプルが張ってあった。それにくぐり込んで居心地を試している人がいた。

道原と貞松は、菊末から奪うようにして持ってきたグレーのテントを係員に見せた。

「このテントは、いつから売っていましたか？」

貞松が尋ねた。山の状況や山具については彼のほうが通じている。

口の周りを髭《ひげ》で囲んだ係員は、テントを広げた。

「これは、アイガー二号といいまして、耐雪性や耐風性を考えたうちのオリジナル商品です。売り出したのは今年の四月末です」

係員は、黒い髭を動かした。貞松の頬がゆるんだ。

「このテントになにか欠陥でも？」

髭の係員は、小さな穴に指先を当ててきいた。顔が傾いている。こんな穴がなぜ開いたのかという表情だった。

それは菊末が、テントを古く見せるために開けたものに違いない。汚れの跡もそうだ。彼は、赤岳からもどった五月二十二日以降にグレーのテントを買い、泥を付け、穴を開け、水にくぐらせたのだ。

しかし、そんなことで古さが出せる生地ではなかった。小細工がかえって墓穴を掘る結果になった。

「やつを捜査本部へ連行する」

メトロスポーツを出ると、道原はいった。

「でも、菊末が西岡万沙子を殺《や》ったという証拠はどこにもないですよ」

「たしかにそうだが、やつはテントのことで嘘をいった。嘘をついたということは捜査の眼をごまかさなきゃならないことをやっているんだ。赤岳の事件に関係がないなら、ごまかす必要はないじゃないか。なによりやつが怪しいのは、事件当日、山に行っていたことだ。北アルプスの涸沢にいたというが、そのアリバイを証明するものは一つもない」

新橋の星山商事を訪ねると、菊末は来客と会っていた。道原らは二十分ほど待たされた。社員の仁科美和と亀石は切迫した空気を感じ取ったらしく、仕事をする手が落着いていなかった。

3

菊末は、道原の追及にあって、赤岳で黄色いテントを張っていたことを認めた。

道原と貞松に、諏訪《すわ》署の捜査本部へ連行された菊末惇也は、一年前までの約一年半、西岡万沙子と親しい関係にあったことを認めた。その期間を、正確に菊末に思い出させた。昭和六十一年の暮から六十三年五月までだという。

その後、万沙子は牟田辰之と深い関係になった。それは笹子深雪《ささごみゆき》が興信所に撮らせた写真が証明している。

「別れた彼女をどうして山で殺したんだ？」

十日あまりでもどることのできた諏訪署の取調室で、道原は菊末の正面からきいた。菊末を取り囲むようにして貞松と武居と今井がいる。

「私は、彼女を殺してなんかいません」

「殺していないだと。さっきお前は、赤岳の天狗尾根に黄色いテントを張って、壁登りをしていたのを認めたじゃないか」

「その通りですが、彼女を殺したのは、私じゃありません」

「じゃ、誰なんだ。お前は単独であの現場にいたんじゃないのか？」

道原は、机の上で拳を固くにぎった。

「五月二十二日の朝早く、西側の壁を下り、そして登り返してテントにもどったら、女性が死んでいました」

菊末は震えながら話し始めた。

――死体の顔を見ると、それは西岡万沙子だった。菊末は胆《きも》を潰《つぶ》して外へ這《は》い出した。彼女は自分のテントの中で自殺したのかと思った。それとも病気になって死んだのかもしれないとも考えた。

しかし、こんな岩場へ彼女が単独でやってくるわけがないことに気が付いた。それにここで壁登りをしているのを彼女は知らないはずだった。誰かに連れてこられたのだ。いや、誰かに別の場所で殺され、ここへ運ばれてきたようだ。

山で人を殺すのなら、切り立った岩場から突き飛ばせばいいものを、わざわざ他人のテントの中へ遺棄したということは、殺人の罪を自分になすり付けようとする者のしわざに違いないと気付いた。菊末がここに単独でテントを張っているのを知っている者で、彼に殺人の罪を負わせようとする者がやったことだ。

菊末は、その犯人が誰かを考えた。万沙子と知り合いで、山をやっていて、自分がここにいることを知っている人間はこの世に一人しかいなかった——

「誰だ?」

道原は叫ぶようにきいた。

「牟田辰之です」

若い刑事たちが顔を見合わせた。

「牟田がお前に、殺人の罪をなすり付けようとしたということは、お前は牟田に恨まれていたと解釈していいな?」

菊末は小さくうなずいた。

「どうしてお前は牟田から恨まれていたんだ?」

「私が以前、彼女と付合っていたからです」

「それだけで、牟田はお前を恨んでいたのか？」

「そうだと思います。そのほかには考えられません」

「納得できないな。そうだとしたら、牟田は異常な男だ」

「彼はそういう男です」

だから万沙子を殺したのだと、菊末はいいたげだった。

「お前のいうことが私には信じられないが、とにかく、万沙子さんの遺体がテントの中にあった。それからどうした？」

菊末は背を丸くした。頭が机に着きそうだった。

「二時間ばかり、いろいろ考えました」

「考えたあと、殺人の罪をなすり付けられたくないから、万沙子さんの遺体をテントから引き出したんだな？」

「はい」

「それからお前は、彼女を抱きあげ、西側を向いた。そうだな？」

菊末の首は折れるように下を向いた。

道原は、カメラマンの滝口誠次が撮った写真を手に取った。

「万沙子さんは、どんな色の物を着ていた？」

「黄色のヤッケを着ていました」

道原は、滝口が撮った写真を菊末の顎の下へ放った。

「これが、その瞬間の写真だ。よく見ろ。下のほうに黄色の点が見える。それが万沙子さんだ。なぜ、谷に投げ込んだりしたんだ?」

「こうすれば、遺体は永久に見つからないと思ったからです」

「この野郎。山を遺体の棄《す》て場にしやがって」

武居が、菊末の頭の上で吐き棄てるようにいった。

道原は電話に呼ばれた。

アトリエ・TMの小早川だった。

「きのう刑事さんにきかれた、五月二十二日のことを思い出しました」

「ほう。きのうあなたが答えたことと違うのかね?」

「すみません。少し勘違いしていたようです。あの日は、昼過ぎに牟田さんから仕事場に電話がありました。ゆうべからずっと仕事していて疲れたから、これから寝る。夕方また電話するがそれまで起こさないでくれ、といわれました」

「あなたが牟田さんの自宅へ電話したんじゃなくて、牟田さんから掛かってきたんだね?」

「間違いありません。思い違いをしていて、すみませんでした」

これで、五月二十二日、つまり西岡万沙子が殺害された日の牟田辰之のアリバイは崩れた。

菊末は、牟田を誘って万場町のゴルフ場へ行き、そこで働いている宮前尚夫を紹介したことを認めた。牟田は道原に、宮前尚夫などという人は知らないし、木曾福島の河内屋の宿帳には思い付きの偽名を記入したまでだといっていたが、この嘘も崩れることになった。

道原と貞松は、ふたたび東京へ発《た》った。牟田辰之の逮捕である。

「ゆうべはゆっくり眠れただろ？」

缶コーヒーを口に傾ける貞松に道原はいった。

「寝不足です。寝床に入っても眼《め》が冴《さ》えてなかなか寝付けませんでした」

「おれも同じだ。前からそうだが、犯人を落とした日は妙に興奮して、一本よけいに飲んだぐらいじゃ眠れない」

「もう一晩、眠れない日がありますよ」

「そうだな。牟田は菊末より、のらりくらりで、落とすのは厄介かもしれないな」

菊末が捕まったのを知らない牟田は、高田馬場の仕事場で挿絵を描いていた。

道原は、妻の知佳《ちか》に初めて会った。小柄で、眼が細かった。二十七歳なのに、三十過ぎに見えた。

アシスタントの小早川は、使いにでも出たのか姿が見えなかった。彼に会ったら、きのうの電話について眼で礼をいうつもりだった。

牟田に令状を示すと、知佳は細い眼を一杯に開けた。口も閉じなかった。なにが起こったのか判断しかねているふうだった。

貞松が、手錠を打ち込んだ。知佳は口に手を当ててわめいた。

「奥さん。詳しいことはあとでお知らせします。気をしっかり持ってください」

道原がいった。

電話が鳴った。牟田は電話に顔を振り向けたが、知佳は放心したように立ちつくした。


「お前は結婚していながら、西岡万沙子さんと最近まで付合っていたのか?」

道原の質問に、牟田はこくっとうなずいた。

きょうも諏訪署の取調室には、若い刑事が容疑者を囲んでいる。

「なぜ、好きだった女性を殺すことになったんだ?」

「彼女が別れ話を持ち出したからです」

「別れるには、そうなる理由があったはずだが?」

「菊末の話を、ぼくがしたからです」

「菊末の話？」

――牟田は去年の六月頃、西岡万沙子と知り合い、急速に親しくなった。彼女のほうから、牟田の描く挿絵が好きだといって近寄ってきたのだった。

親しさが増すと、万沙子は時々、牟田と結婚できたらいいがといった。が、強くそれを迫るようなことはしなかった。そのうちに、牟田は知佳と結婚した。万沙子は、当然だが恨み言をいった。いったんは別れるといいながら、彼女のほうから彼を誘い出したりした。

今年の五月の初めだった。かねてから親交のあった菊末惇也に酒場へ呼び出された。こういうことはそれまでにもあったが、その夜菊末は、以前万沙子と深い間柄だったと打ち明けた。菊末は最近、牟田と万沙子の親密な関係を知ったのだといった。

菊末は、万沙子の性格や癖に通じていた。交際していたのだから当然だが、殊に彼女のからだについて微細に触れた。たとえば、交接の際、こんなふうに甘えるだろうとか、今もこんな声を発するか、などときいたりした。下着の色や柄の好みについても、いちいち菊末がいう通りだった。

牟田の頭には火がついた。眼前にある酒のボトルで菊水の頭を割ってやりたかった。

牟田はその二、三日後に万沙子に会った。菊末からきいたことを話した。穏やかに話したつもりだったが、後日、万沙子は別れたいといってきた。牟田が電話しても、会いたくないと答えた。

牟田は彼女との離別を承諾したと伝え、もう一度会いたいというと、彼女は心を鎮めるために山へ行くと答えた。どこへ登るのかを尋ねると、場所はまだ決めていないという。

そこで彼は、八ヶ岳連峰の赤岳にしないか、自分も登りたいと電話でいった。菊末が赤岳の天狗尾根の壁をやる日程をきいていたからだ。彼女は考えていた。同じ宿や山小屋に泊まるのは好まないだろうから、別々のルートで入山して山頂で会い、そこで別れて、それぞれが登ってきたルートを下ろうじゃないかと提案した。万沙子は素敵なプランだと賛成し、二十日の九時、新宿発の特急で向かうといった。

牟田は、真教寺尾根を伝って赤岳を目差した。万沙子は、美濃戸《みのと》から赤沢沿いに登ってき、五月二十一日は赤岳頂上小屋に泊まるのだ。二人が赤岳で会うのは翌二十二日の朝ということにした。

約束通り、牟田は彼女と山頂で会うことができた。いや、牟田は赤岳近くで露営し、彼女が山小屋から出てくるのを待っていたのである。

その朝は好天だった。万沙子は、このまま下るのは惜しいといった。彼女がそういわなくても、牟田には黒い計画があった。

彼は、赤岳へきてここに立って眺望を楽しまない手はない、と天狗尾根に誘った。万沙子は、悲鳴に似た声をあげながらも、小天狗のピーク越えのスリルを喜んだ。

鞍部に黄色いテントが張られていた。菊末のものに違いなかった。西側の岩壁をのぞくとザイルが垂れていた。牟田は、それをナイフで切断したい衝動にかられた。

万沙子のほうは、テントを見て安心したようだった。登山者がいるのだからいろいろな意味で危険はないと感じたのだ。しかしそのテントの主が、かつて親交のあった菊末だとは知らず、テントの横に腰を下ろした。

牟田は、テントの中をのぞき、菊末の荷物であるのを確認した。菊末も万沙子も谷に落として殺してやりたかったが、万沙子を殺してテントに入れておくことで、菊末をとことん困らせてやりたかった。万沙子の遺体を認めた菊末は、ひょっとしたら牟田の犯行に気付くかもしれない。が、彼は自宅と仕事場にアリバイ工作をしてきている。妻の知佳は友人と旅行中だが、小早川には自宅で仕事をするといって資料を持って行くところを見せている。菊末は、かつて万沙子に捨てられた男だ。それを恨んで、彼女を山に呼びつけて殺害したもの、という追及を受けると感じるだろうから、彼は彼女の死亡を届出ないだろうと牟田は踏んだ。

岩壁をよじ登ってきて、テントに首を突っ込んだとたんに、万沙子の遺体に出会って腰を抜かせば、牟田の胸はすっきりする。動転した菊末がからだのバランスを失って岩壁に墜落すれば、牟田にとってはもっと幸いであった。

牟田は、菊末が登ってこないのを確かめ、万沙子に挑みかかって、首を絞めた。彼女は爪《つめ》を立てたが、着衣は厚かった。足をバタつかせたが、すぐに力を抜いた。

牟田は、彼女の着ている物を調べ、ザックの中からアドレスノートや、身元の知れる物を抜き取った。住まいの鍵《かぎ》も盗んだ。テントの中に引きずり込み、出入口のファスナーをしっかり閉めた。

彼は、登ってきた真教寺尾根を急いで下った。公衆電話を見つけて、仕事場の小早川に、「これから寝るから起こすな」といいつけた――

「それだけの理由で殺したのか?」

道原は、牟田の顔をにらみつけた。

牟田は小さく頭を動かした。

「菊末を困らせたり、失脚させたいという気持ちはわからなくはないが、万沙子さん殺しを計画したのは、別の理由があったからだろ。お前は、彼女にフラれるよりも、別の理由のほうが恐《こわ》かったんじゃないのか?」

道原は、拳で机を打った。

牟田の取調べは、貞松や武居が代わっては夜中までつづいた。

日付が変わって間もなく、首を垂れて黙っていた牟田が、「タバコを吸わせてください」といった。容疑者が自供する前によくこういうことをいう。

貞松が、タバコの袋を差し出した。牟田は一本抜いて火をつけてもらうと、かすれた声で、万沙子から金を借りていたことを自供した。

4

翌日、道原は、塩谷涼子の水死について牟田を追及した。だが、牟田は頑強に無関係を主張した。

道原には、涼子の胃の中に残っていた物と、彼女が死亡した夜の河内屋の料理が一致していることがどうしても胸につかえている。涼子の変死の原因を道原が明確にしないと、木曾署は事故死で処理してしまいそうなのだ。

道原は、貞松を連れて木曾へ出向いた。小柳課長は渋い顔をしたが、赤岳の殺人事件を解決に導いた功績から、道原に対して強く反対しなかった。

木曾福島駅を降りると、道原は真っ直《ます》ぐ河内屋に向かった。きょうの木曾川は水が澄んでいた。濃緑の山がそのまま川の色だった。

「たびたびご苦労さまです」

痩せた支配人は腰を折った。肚《はら》の中では、もういい加減にしてくれといっているようである。

客室係のユキ子が出てきた。道原は、牟田辰之が「宮前尚夫」の偽名で久我沢いち子を伴って一泊した、檜《ひのき》の間に案内してもらった。それは二階で、一番奥の部屋だった。廊下には赤い絨毯《じゅうたん》が伸びていた。

ガラスのはまった格子戸があり、白い石を散らした三和土《たたき》があった。檜張りの板の間は磨きあげられていて足が滑りそうだった。右側が浴室と洗面所で、左側がトイレだった。

八畳の和室の中央に赤いテーブルが据わっていて、床の間には山水画の軸が長く垂れていた。青磁の壺《つぼ》に、電灯が映った。

窓際には籐椅子《とういす》の三点セットがあり、窓は障子とガラス戸で二重にされていた。

道原は窓を開けた。湧《わ》きあがるように川音が入ってきた。真下に木曾川があった。川下に緑色の橋が架かっている。対岸には崖屋造《がけやづく》りが並んでいる。その上のほうを列車がゆっくりと走っていた。

「すわらせてもらうよ」

道原は、籐椅子に腰を下ろした。

「どうぞ。ただ今、お茶を淹《い》れます」

ユキ子が畳に手を突いた。

貞松は、総檜造りの部屋を眺め回している。

「ここへ立ってみろ」

「はあ?」

貞松は、手すりをにぎって下をのぞいた。

「この部屋は、川に突き出しているみたいですね」

「そうだ。君がそうしているところを、後ろからおれが足をすくえば、間違いなく川にドボンだ」

「脅かさないでくださいよ。……あ、伝さん。いえ、道原さん。もしかしたら、塩谷涼子はここから突き落とされたんじゃないかって……」

「気が付いたか」

「じゃ、五月二十六日に牟田と一緒にこの旅館に入ったのは、やっぱり涼子だったというわけですか?」

ユキ子は、急須《きゅうす》に湯を注《つ》ぎかけた手をとめた。

「ユキ子さんが、涼子の写真を見た瞬間に、ここへ泊まった客だといった直感は当たっているような気がする」

「でも、その方は次の朝……」

ユキ子がこちらを向いた。

「次の朝出て行ったのは、久我沢いち子だ。つまり、宮前尚夫と名乗った牟田は、涼子と二人で夕食を摂《と》った。酒も少し飲んだ。そのあと、この窓辺に誘い、後ろから足をすくって川へ放り込んだんだ。これが八時から九時のあいだだ。その頃、いち子はこの近くで時間を潰していた。

電話を掛けて旅館に入ってもいいかを外からきいたのだろう。いち子はやってきた。ここのフロントは外からガラス戸越しに見通せる。そこに人がいないのを見計らって、彼女は部屋に入り、風呂《ふろ》を使った。これは牟田の指示だ。ユキ子さんが、食器を下げていいかをきいた時はいち子がまだ到着していなかったんだ。彼女を風呂場に入れると、彼は電話で食事がすんだと連絡したんだ」

ユキ子は狐《きつね》につままれたような表情で、茶をテーブルに置いた。

久我沢いち子は、中野区の友だちのところにひそんでいた。六本木の「リンクス」のホステスたちがいち子の交友関係を知っていて、それを手繰ったところ、以前勤めていたクラブのホステスの住まいに、一時避難していたのだった。

彼女は、東京へ出向いた貞松と武居に連れられて捜査本部へ到着した。

「どうして、急に引っ越したんだね？」

道原は、いち子の面長を見つめてきいた。

「牟田さんが恐くなったんです。わたしがほんとうのことを刑事さんに喋《しゃべ》ったら、殺されるかもしれないって思ったんです」

「その心配はない。牟田は殺人を自供して、ここの地下にぶち込んである」

「殺人って？　木曾でですか？」

いち子は、この前会った時よりも削《そ》げた頰を、両手ではさんだ。

「この近くの赤岳という山で女性を殺したんだ。そのあと木曾へ行ったんだ。あんたは、新宿から牟田と一緒に列車に乗ったといったが、それは嘘だろ？」

「御免なさい。牟田さんにそういえっていわれたんです。彼はわたしより前に木曾へ着いていたみたいです」

――いち子は、牟田に教えられた通り、十三時、新宿発の特急で木曾福島に向かった。到着したのは午後五時前だった。駅前の喫茶店に入ったり近くを散歩したりし、夕食を摂ってから、木曾川の橋の上に立った。河内屋旅館の窓がよく見える場所だ。午後八時半頃にそこへ立って、窓を見るようにいわれていた。二階か三階の窓で、懐中電灯が丸く振られるのが見えたら、旅館のフロントに人がいないのを確かめて、その階へあがってくるようにいわれていた。

彼女は、八時半きっかりに橋に立った。二階の暗い窓に小さな光が円を描いていた。

牟田は階段に立って待っていた。いち子を部屋に招き入れると、すぐ風呂へ入れといった。部屋のテーブルには食器がのっていた。自分が挿絵を担当している作家と一緒に食事したが、いち子の姿をその人に見せたくなかったからだと彼はいった。

風呂からあがると、食器は片付けられていて、布団が二つ並べて敷かれていた――

「あんたが橋の上に立った時、河内屋の窓からなにか落ちるのを見なかったかね？」

「電灯のついている部屋はいくつもありましたけど、落ちるものなんか……」

「牟田は、塩谷涼子さんというあんたと同年配の女性を、窓から川へ突き落としたんだ。檜の間の窓から川下に橋がよく見える。そこに誰もいないのを確かめてからやったんだよ。そうして、電灯を消して、あんたが橋の上にやってくるのを見ていた。あんたの姿を見つけて懐中電灯で合図したんだ」

いち子は、悪寒がはしったような身震いをした。

「この前東京へ行った時、あんたは私たちに赤いシャツと白っぽいジーパンを見せた。それを着て牟田と一緒に河内屋へ入ったといったね。それは、あとで買ったんだな？」

「牟田さんにそうしろっていわれ、木曾から帰ってから彼と一緒に新宿のデパートへ行って買いました。洗っておけっていわれたんで、その通りにしました」

いち子は、すいませんでした、と頭を下げた。

「わたしも、ここの地下へぶち込まれるんですか？」

「私たちに嘘をいったからな。……どうしようか、貞松君？」

道原は、口元をゆるめた。

「今後、犯罪の片棒をかつがされるような男とは、絶対に付合わないという約束ができるか？」

貞松はいち子をにらんだ。

「できます」

返事のしかたが子供じみていたから、武居や今井も噴き出した。


道原には、まだまだ分からないことがあった。

「お前は、なぜ塩谷涼子さんを殺したんだ？」

牟田に、涼子を河内屋の部屋の窓から木曾川に突き落として殺害したことを認めさせたあと、道原は声を和らげてきいた。

牟田は唇を嚙《か》んでいた。

「去年の九月二十五日、御岳の八丁ダルミで、塩谷勝史《かつふみ》さんを殺し、それを涼子さんが調べていたからだな？」

牟田は顎を引かなかった。

「こっちからいおう。お前は九月二十三日に木曾福島のおんたけ旅館に泊まったことを認めているが、二十四日は妻籠《つまご》と馬籠《まごめ》の宿場跡を見物し、中津川のホテルに泊まったと答えた。これは真っ赤な嘘で、御岳頂上小屋に泊まっているじゃないか。木曾署が、九月二十四日に御岳の全山小屋に泊まった者をすべて当たったんだ。そうしたら、一人だけ氏名も住所もでたらめなのがいた。その宿泊カードとおんたけ旅館の宿帳の筆跡を照合した。筆跡が一致しただけでなしに指紋も一致した。お前が今まで張りめぐらしていたアリバイの網はすべて崩れたんだ」

牟田は、いったん顔をあげたが、道原の視線に出会って首を折った。

――牟田は、去年の五月までの一年あまり、塩谷涼子と交際していた。西岡万沙子と親しくなる前である。

万沙子の出現によって、牟田は結婚まで考えていた涼子を棄てた。美人だが単調で面白味に欠けていたから、会っていても不満だったのだ。

その後の九月二十四日の朝、御岳に登るために木曾福島駅前で田ノ原行きのバスを待っていると、背後から声を掛けられた。なんと晶栄社の塩谷勝史だった。彼とは仕事で関係があるだけでなく、涼子の弟でもあった。

勝史は、バスの中で涼子を棄てた恨み言を並べた。

「しかもあんたは現在、姉の親友の西岡万沙子さんと親しくしている。姉はそれを知らないらしいが、もし知ったら狂い死にするかもしれない。西岡さんとの仲を奥さんは知らないだろう。知ったら奥さんは逃げ出すに違いない。そうなったら、あんたの前途は知れている」

田ノ原からの登山道にかかってからも彼は、「女性を一方的に棄てるような男なのに、よくも山になんかこられるな」と罵倒《ばとう》した。

「姉は泣き寝入りしたかもしれないが、おれは黙っていない。姉が味わわされた痛みを別の形であんたに味わってもらう」

などともいった。

登りの途中で、牟田は何度か勝史を谷に突き落としてやろうかと思った。

剣ヶ峰旭《あさひ》館に泊まるつもりで登ってきたが、勝史が泊まるのを知って、頂上小屋に変更することにした。

朝から何度も勝史にいわれたことが耳朶《じだ》に残り、頭が熱くなった。急に殺意が噴きあがってきた。牟田は頂上小屋に偽名で宿泊した。翌朝の犯行を隠すためだった。

次の朝は、牟田にとっては幸運で、山全体を霧が覆っていた。旭館の前で、勝史がでてくるのを張り込んだ。下りの八丁ダルミで、勝史はルートを右に逸《そ》れた。やがて逸れていることに気付いて修正するだろうが、牟田はこのチャンスを見逃さなかった。

真横から胴を突いた。勝史は悲鳴を発して深い霧の谷に消えていった。

年が明けると、涼子が電話をよこした。勝史と御岳で会っていないかというのだった。なぜそれが分かったのか、牟田には計りかねた。二人が登るところを知り合いに見られた覚えがないからだった。あの日、山小屋から勝史が涼子に電話でいったのではないかと考えた。

しかし証拠はない。彼女は、「あなたが御岳にいたとしたら、勝史は単なる遭難とは考えられない」といった。

牟田は、自分も山をやる男だから勝史の遭難原因については独自に調べてみるといった。彼は彼女に時折電話しては、なにか分かったかと問い合わせ、彼女を慰めた。

五月中旬、涼子は、もう一度御岳へ登るといった。日程を尋ねた。牟田は自分も登る計画があるが、都合で涼子が下山する日に登ることになると話した。一緒に登るといったら、彼女が登山を取りやめそうだったからだ。

五月二十五日の夕方、剣ヶ峰旭館に電話を入れると、彼女は泊まっていた。そこで、二十六日夕方、木曾福島駅前で待ち合わせる約束をした。

駅前でバスを降りてきた彼女は、重大な証拠をつかんだと答えた。

牟田は食事しながら話をきくといって、河内屋へ誘った。

彼女は、去年の九月二十三日に、牟田がおんたけ旅館に泊まったことを突きとめていたのだった。牟田は、涼子がそこまでするとは想像していなかった。

「勝史は、わたくしに代わっていつか牟田さんに仕返ししてやる、といっていましたから、あなたに会って黙ってはいなかったはずです。御岳登山の途中で、あなたと争いを起こしたかもしれません」

涼子はそういった。

牟田は、勝史には会わなかったし、御岳にも登ってはいない、といったが、

「それならなぜ、勝史があんな場所で死んだのですか？」

と、切り返してきた。

牟田は、勝史の遭難とは無関係だと繰り返したのだが、彼女は信じようとしなかった。つまり、勝史が御岳に登るために木曾福島町へやってきたその日、牟田が木曾にいた事実がある以上、疑わないわけにはいかない、というのだった。

涼子は勝史の遭難以外に、牟田にとっては眼が潰れそうになることをいった。

牟田が西岡万沙子と親しく交際していたことを、涼子は知っていたのだ。

「十日ほど前に、万沙子さんが電話でこんなことをいっていましたわ。『牟田さんと赤岳へ行くの。別々なルートから登って、山頂で会い、そこでお別れするのよ』って。赤岳にはいつお登りになるのですか？」

涼子は、眼を据えていった。牟田は返事ができなかった。

涼子は、別の旅館に泊まるといって立ちあがり、窓から外を眺めた。牟田は、背後から彼女の両足をすくった。彼女は一声悲鳴をあげたが、高い川音がそれを吸い取ってしまった。

部屋には、彼女の小振りのザックと山靴が残った。牟田はそれを自分のザックに詰め込んで、川下の橋の上に久我沢いち子が現われるのを待った。

八時半にいち子が橋の上に立った。懐中電灯の合図で、彼女を部屋に招き、すぐに風呂に入れた。

客室係に電話して、食事がすんだことを伝えた。涼子が風呂を使っているように見せるため、彼女のザックを床の間の近くに置き、今度はいち子の荷物を自分のザックに入れて隠した。

翌日、開田高原で、涼子の衣類をいち子の見ていないところで少しずつ捨てた。ザックの中のセカンドバッグにマンションの鍵が入っていた。これを使って、町田市の涼子の部屋に忍び込み、アルバムやアドレスノートや日記を盗み出した。

エピローグ

「牟田辰之のように、簡単に人を殺すやつがこれからも増えてきそうな予感がしてしようがない」

小柳課長は、タバコを指にはさんで刑事課の窓辺に立った。道原も肩を並べた。信州にも初夏の風が吹き始めた。眼下の道路を大型ザックを背負った登山パーティーが通った。八ヶ岳へ向かうらしかった。

「もう、今度のような事件はご免だな」

小柳課長がそういったところへ、貞松が荷物を提げてきた。高さが五〇センチもある箱だった。宛名《あてな》は、「刑事課長様」となっていた。

「差出人は女性ですよ」

「開けてみろ」

「いいんですか、課長。ほんとうは、われわれがいない時にそっと開けたいんじゃないですか？」

貞松は、上目使いになっていう。

「爆弾かもしれないから、お前に開けさせるんだ。この差出人に、私は覚えがない」

貞松は手を引っ込めた。

「今井を呼んできて開けさせましょうか」

「卑怯《ひきょう》なやつだな、お前は。部下に怪我《けが》をさせる気か」

「そういう、課長だって……」

「ぐずぐずいうな。私の命令だ」

そういって課長は、ロッカーの陰に避難した。

貞松は、恐る恐る包装を解いた。

出てきた物は、ガラスケースに入った立派な日本人形だった。手紙が添えてあった。

〈五月二十二日、わたくしは霧ヶ峰から下りてきたのですが、上諏訪駅前でコンタクトレンズを片方落としてしまいました。

わたくしはそれが見つからなくて困っていたところ、周りにいた大勢の人がさがしてくださいました。なかなか見つからないので、わたくしは、もう結構ですといったのですが、どなたもさがすのをやめようとしませんでした。

さいわいなことに、男の方がコンタクトレンズをさがし当ててくださいました。みなさんのおかげで助かりましたが、わたくしは嬉《うれ》しさと恥ずかしさで、その時ろくなお礼を申し上げなかったような気がします。

後日、お礼をさせていただこうと駅に電話しましたところ、レンズをさがしてくださった方々の中に、諏訪警察署の方が何人もいらっしゃったとうかがいました。新聞で読んでいましたら、その当日、赤岳で大変な事件が起こり、それがつい先日解決したのを知りました。

あの日もきっと刑事さんがまざっていたのではないかと思い、事件の最中にわたくしのような者のためにお骨折りいただき、お礼の申し上げようもありません。

人形はわたくしの微意でございます〉

「誰だ。事件捜査の最中に、駅前で若い女の子が落としたレンズをさがしていたのは。サダじゃないだろうな」

小柳課長は、全員の顔を見渡した。

道原は素知らぬ顔をして、人形の置き場を考えた。

本書は一九九二年四月に徳間書店より刊行された『木曾御岳殺人事件』を改題し、大幅に加筆・修正した作品です。

なお本作品はフィクションであり、実在の個人・団体などとは一切関係がありません。

文芸社文庫

木曾御岳　殺人山行

二〇一九年八月十五日　初版第一刷発行

著　者　梓林太郎
発行者　瓜谷綱延
発行所　株式会社　文芸社
〒一六〇-〇〇二二
東京都新宿区新宿一-一〇-一
電話　〇三-五三六九-三〇六〇（代表）
〇三-五三六九-二二九九（販売）

印刷所　図書印刷株式会社
装幀者　三村淳

ISBN978-4-286-21184-8